百　味

白玉稳　著

黄河出版传媒集团
宁夏人民出版社

图书在版编目（CIP）数据

百味 / 白玉稳著. — 银川 ：宁夏人民出版社，2018.6
ISBN 978-7-227-06917-1

Ⅰ. ①百… Ⅱ. ①白… Ⅲ. ①随笔—作品集—中国—当代
Ⅳ. ①I267.1

中国版本图书馆CIP数据核字（2018）第138498号

百　味　　　　白玉稳　著

责任编辑　姚小云　赵　亮
责任校对　管世献
封面设计　丽刊传媒
责任印制　肖　艳

黄河出版传媒集团
宁夏人民出版社　出版发行

地　　址　宁夏银川市北京东路139号出版大厦（750001）
网　　址　http://www.yrpubm.com
网上书店　http://www.hh-book.com
电子信箱　nxrmcbs@126.com
邮购电话　0951-5052104　5052106
经　　销　全国新华书店
印刷装订　西安友诚印务有限公司
印刷委托书号（宁）0009849

开本 880mm×1230mm　1/32
印张 7.5　　字数 200千字
版次 2018年7月第1版
印次 2018年7月第1次印刷
书号 ISBN 978-7-227-06917-1
定价 48.00元

序

孔 明

我每读白玉稳的文章（散文、随笔等），至少有三个感觉：一是快人快语，像巧舌妇拉家常，柴米油盐酱醋茶，话头都是由头，都有说头，又有嚼头，不知不觉间，一篇篇文章就读完了。短的显得太短，读后意犹未尽；长的不显得太长，读一遍不厌烦，再读一遍仍觉新鲜，读三遍后不能不惊叹：把文章写成这样，那是逼近文章渊薮或者源头了。二是家常话，就像老僧说话，说的都是心里话，话里有话，还有弦外音，这是啥？禅呀！《五灯会元》载：一僧问云门文偃禅师：“如何是佛？”禅师答曰：“干屎橛！”能理解“干屎橛”，就能理解白玉稳的“家常话”。三是大白话，亦即大实话，是啥说啥，不拐弯，不矫情，不云遮雾罩，坦白到直白，坦率到率真，坦然到顺其自然，自然而然。这样的文章，总令我联想到《皇帝的新衣》，作者就像那个小男孩，他看见的不是衮龙袍，而是赤身裸体一如常人。

基于这三种感觉，我看好白玉稳的文章，自然也爱读他的文章。可能是与他有着类似的农家生活经历，对他的一些篇什独白与自言自语就别有一种理解和体会；也可能是与他有着不同的人生轨迹与体验，对他的一些人情世故的渲染或速写颇觉新鲜与好奇。他就像一位云游道长，见多识广，“从小卖蒸馍，啥事都经过”，扯出话头便滔滔不绝，打开话匣便如数家珍，唠叨一如唠嗑，就是个说道，饱食人间烟火，却多半在白云之上。施耐庵说：“有话则长，无话则短。”白玉稳好像总是有话在肚子里憋着，憋不住时就码字，一气呵成，一篇文章也就呼之欲出了。“文章本天成，妙手偶得之。”诚然哉！与众不同的是，白玉稳不但日有“偶得”，而且常常无独有偶，他的“高产”也就可以理解了。

这样的文章，只属于白玉稳，别人写不了，也写不来，勉强去写，也写不出白玉稳的味道和风格。白玉稳有文学天赋，甚至有文艺细胞，却被造化摆布、限制，多半的人生都呕心沥血给基层教育了。他做了近二十多年校长，算得上是“校长专业户”，心思、精力、兴趣都被“专业”绑架了，故此，就文学而言，“专业不对口”，写作于他不是荒疏，不算荒芜，而是心有余而力不足，难以兼顾。但文学情怀如同幽灵，文学梦想如同睡眠卡，一旦复活、激活，便会着魔而难以挣脱。可以说依附白玉稳的“幽灵”复活了，寄存白玉稳初心的睡眠卡激活了，白玉稳就忽然不是白玉稳，起码不是从前的白玉稳，至少不是校长白玉稳，而是文学白玉稳、作家白玉稳、先生白玉稳了。半道出家，容易成大家，李叔同便是。白玉稳又被文学“绑架”了，既往的人生经历与工作履历，包括情感阅历，非但不是包袱，反而成了他创作源泉与泉眼，取之不尽，用之不竭。“问渠那得清如许，为有源头活水来。”这样的“源头活水”，才是白玉稳创作的优势呀！

有人说白玉稳的散文有四个缺点，曰散粗俗油，这四个字的定评虽然颇见只眼，我咋觉得这恰恰是他的优点呢？散文不“散”，那还叫散文吗？恰是“散”，他的文章才有了张力，放得开去，口若悬河，于绘声绘色里勾描出大写意的一幅幅风俗写真。白玉稳的散文粗中有细，或者说貌似线条粗放，实则经纬细密而不失秩序，条理疏朗而间有缝隙，透气，更透出一种地气、人气、大气，包括率性、率意、率真之气。粗中有细，才张弛有度天然合拍，使阅读不但有了快感、美感与节奏感，而且有了一种衍生的丰富与丰满、丰沛与丰厚，诚所谓“有心栽花花不开，无意插柳柳成荫”也。再，苞谷是粗粮，高粱是粗粮，小米也是粗粮，恰是粗粮富含营养，此即白玉稳散文之拙朴本色也！至于“俗”，有大俗与小俗之分，大俗不俗，是雅之极致嘛！白玉稳散文不可谓雅，却也不可谓俗，是俗中见雅的那个“雅”，是雅中见俗的那个“俗”，信手拈来，拈花微笑，人生的五味杂陈尽在娓娓说道里，颇耐咀嚼。人呀，莫道高低贵贱，谁不吃喝拉撒睡呢？由此，我忽然想起了一副厕联：“古人欲惜金如此，庄子曾言道在是。”妙哉！妙哉！此俗耶？此雅耶？哈哈哈，俗者见其俗，雅者见其雅，就算仁者见仁，智者见智吧！至于“油”，此即白玉稳散文之亮色也。心有灵感油然而生，脱口而出，言之有物，虽顺溜上口，却并非油腔滑调也。幽默风趣不低俗，优哉游哉不媚俗，入乡随俗不落俗套，哈，何俗之有？

白玉稳的文章是否无懈可击呢？咋能呢？他的文章更像村姑，七分长相，三分打扮，未必入时，却吸引眼球，何故？生动是与生俱来的，不扭捏作态，便显见天然姿态。咦！只有璞玉雕琢，才可望美玉成器。以白玉稳的阅历、阅情、阅人，再加上先天悟性与后天勤奋，文章越写越美有悬念吗？天道酬勤，且拭目以待！

目　录

女人的微笑

生活的味道

天堂的路口

男人的风度

男人的风度

一个优秀的男人，一定具有许多好品质，比如有一个好习惯，比如自信，比如理性……而我以为，作为一个男人，首先应该有风度。

有一些男人，虽然和你是一样的鼻子，一样的眼，一样的两只胳膊两条腿，但是和他们在一起，总有一种扑面而来的势，压得你喘不过气来，使你不得不夹起心中的“小”，而从内心去仰视他。

当你和他熟络了，你会发现，他其实也没有什么特异之处。经历和你一样，学历甚至还不如你，但是他的身上会发散一种光芒，深深吸引着你，让你动心、让你膜拜。

作为男人，我常常在思考，在探寻：这些东西到底是什么呢？自己这个“布衣”之士，能不能也给身上弄一点光芒，来唬一唬比我层次更低的男人，从而也让他“仰视”一下。半生的坎坷，半生的际遇，半生的经营，始终没能使我明白。结果，不经意在街头听到一群女人的惊呼：对面那个走过来的男人，好有风度耶！我顿悟：原来我苦苦寻求的答案叫风度。

风为风骚，即才华、学识，度为态度，即言行、举止。风度是一种魅力，是一个人内在实力的自然外露。风度是一个人的独特标志，具有不可模仿性。一个人因为有了实力，才显示出魅力，实力是因，魅力是果，不能颠倒。换句话说，有实力的人才有风度，没实力的人，即使口若悬河，也是无本之木，无源之水。这就像政治经济学上讲的精神和物质的关系一样，上层建筑是建立在经济基础之上的，不要这个基础，光要这些精神层面的东西，是不切合实际的，也是行不通的。

一个男人，应该知晓，风度不是东施效颦、亦步亦趋模仿而来的。只有你足够强大了，才能回避生活中的“胯下之辱”，才不会“人为刀俎，我为鱼肉”，才会拥有真正的话语权。你想想，一个没有话语权的男人是多么的可悲，一个连自己都不能听到自己声音的人，如何能获取别人的尊重？又何谈有风度？

一个有风度的男人就像一片大海，不拒细流，容纳百川。古语道“宰相肚里能撑船”，哈哈！这能撑一条船的“肚”里，岂能和包罗万象的“度”同日而语呢？所以，先积攒一点实力，方能增添一点魅力，期盼有一天，我也能风度翩翩。

优秀的男人属于谁

作为男人，自认为还很不错，但绝对不算最优秀的男人，因为自己还达不到那个高度。正因为这样，自己便少了许多烦恼。

经常有女同志这样发问：优秀的男人到底是属于世界还是属于爱情？恐怕没有一个很好的答案。

评价一个男人是否优秀，往往看他在职场，在社会的不同领域的修为和成绩。绝对不是像武林高手一样躲在山洞，关在小屋子里闭关修炼成的。也就是说你的优秀是长在世人的眼里，是植根于社会评价体系的。

由此看来，优秀的男人是属于世界，属于大众的。世界也会因为男人的优秀，而推进到一个更高的层面，所以才有了“英雄创造时代”的说法。相信大多数优秀的男人，会和历史的进程连在一起。就像过去的“四大美女”一样，比她们美的女人多的是，但是她们的名字和国家、民族的命运连在一起，才彪炳史册，流芳百世。

但是，作为女人，又希望自己的男人是属于爱情的。这朴素的想法，最后竟成了奢望。优秀的男人一定是充满激情的，他珍惜爱情，也会忠于爱情，他有魅力、有情怀。然而，他又是理性的。他懂得鱼与熊掌孰轻孰重，他懂得铁肩担道义，他懂得有国才有家。他既属于爱情，又属于世界。就普通男人而言，没那么大的境界，也就没那么大的福报，那么大的造化，当然就没有那么多的烦恼。

然而女人可不这么想，她们不愿意淡定地守住一方自主之地，过寻常相夫教子的小日子，外面的世界让她们欢喜、迷醉，她们愿意自己的男人风光无限。然而男人太优秀了，又怕自己控制不住，在纠结猜忌中上演出许多悲欢离合的闹剧。最后要么气死了自己，要么葬送了婚姻。

女人就是这么矛盾，既嫌自己的男人不够优秀，又怕太优秀了自己福薄命浅，抓不住那根风筝线。

我觉得这个发球权应还给男人。作为男人，你必须要强大自身，使自己变得优秀。既能守护自己的爱情，让家人在你的呵护下幸福生活，又懂得管束自己，不得意忘形、忘乎所以，还能贡献社会，服务他人，这才是最优秀的男人！

男人需要孤独

一个男人，如果忍受不了孤独，耐不住寂寞，那绝对不是个优秀的男人。优秀的男人会给自己更多独处的时间，以便独立思考。

时下，一些男人很高调，爱显摆，岂不知，爱显摆的男人成不了气候。真男人的光芒都是从内向外发散的，如果你是个反光体，打扮得很是光鲜，外光一照，光芒四射，却经不住太阳暴晒，就像女人上了妆的脸，始终得靠脂粉小心翼翼地涂抹，不敢素面见人。

总有人认为钱越多越好，有了钱什么事都能摆平。是的，有钱的男人会用钱来解决问题，能打通很多关节，能为自己挣来面子。然而，有一些事是需要人心来衡量，需要感情来润泽的，在这些问题面前，钱就成了低能儿。

更有甚者，认为身边的女人越多越好，今儿去个穿红的，明儿来个穿绿的，你方唱罢我登场，然而，当你真正处在危难之中时，你会体验“夫妻本是同林鸟，大难来时各自飞”，你会知道“雪中送炭君子少，锦上添花小人多”，你会明白没有永远的朋友，只有永远的利益。这个好像是全世界公认的法则，何况你身边的尽是些不着调的人。

男人就是男人。不要羡慕“我的父亲是李刚”，不要埋怨自己不能出将入相，更不要为攀高枝出卖自己的尊严，“上进”固然重要，不择手段，决不可取。

男人需要成长，需要不断地投资自己。男人要有胸怀，有大志，有胆识，有傲骨。不投机朋友，不招惹女人，不刻意追求不该属于自己的东西。失意的时候不可以装孙子，发迹后不能装大爷。干好自己的事，走好自己的路，只要自己的内心足够强大，就能抵制诱惑，远离伤害。只要自己的臂膀足够坚硬，就能够打拼出一方自己的天地，就能够为自己的家人遮风挡雨，为社会做出点贡献。

过去，我可算是酒桌上的男神，也曾“快意恩仇”，也曾“纵横江湖”，如今，看到一批一批的男人仍在前赴后继，为“面子”而战，为名利而折腰，便觉得他们是那样幼稚，那样可笑。

请守住孤独，让自己成长为真男人。这是我半生的经验总结，希望与真男人共勉！

酒后文化

不知从何时起，中国人爱讲文化，有服饰文化、茶文化、饮食文化、青铜文化等。这本是一个好现象，反映了社会的一种进步。可是作为文化人的我，看到社会上的种种文化现象，却无法释然！社会上各行各业纷纷高举文化大旗，以大文化者自居，到处讲文化，讲理念，讲策略。网红现象、消费文化、娱乐文化、营销文化泛滥。我们这些十年寒窗，九载熬油的读书人，却无法参透诸多的文化乱象。尤其无法理解的是：堂堂的酒文化也让人给糟蹋了。

喝酒本无可指责，但聚众酗酒，喝得烂醉如泥后，乱性丧德，不能把控好自己的言行，发疯撒野，掀桌子，打人，做出了出格之举，不仅败坏自己的声誉、形象，还破坏了公共秩序、侵犯他人人身权和财产权，甚至为自己招来牢狱之苦。以致给家人，给朋友造成无法弥补的伤害，却自诩喝出了文化来。美其名曰：酒后文化。

其实，酒文化在中国源远流长。酒作为一种特殊的文化载体，成为文人雅士诗词唱和的媒介。不少文人学士因酒而留下了写诗、作画、养生、宴会、饯行等佳话。因此，酒在人际交往中占有独特的地位。但酒桌文化不在其列。桌上的劝酒、酗酒等只能算作酒文化发展过程中形成的畸形陋习。

我曾经也是一个酒痴，喝起酒来不要命，被人冠以“酒神”。那时的我还很得意，认为这是豪爽仗义，一度引以为荣。也曾在酒醉的时候，给亲人、友人、路人造成过伤害，至多用“我多了”为自己开脱。作为久经酒场的老手，我明白：没有一个人真正是心醉的。比如说，喝醉了，不认人了，可以对多年的挚友翻脸，对几代的邻里动手。千万不要相信他真的醉到了认不得人的地步，“喝多了”也许只是他撒酒疯的借口。

俗话说：酒后吐真言，这话也得两说。这种酒后的“真言”还是有一点“文化”的，还能博得同情和谅解。我以为，这种有“文化”的表现是有适应症的，是有局限的。更多时候是掩饰，是发泄。如果对象是弱者，你一将“酒后文化”铺开，可能会使他们感激涕零，认为你给了他足够的关注，足够的面子。如果对象是强霸之人，你一番“酒后文化”可能是委婉的道歉，是曲意的逢迎，亦可能是酒壮㞞人胆，但终将一文不值，你也可能会为之付出代价。

现在，自己不喝酒了，才能冷眼看着喝酒人的百色千相。发酒疯的丑态，真的能看出人世万象、人生百味，真的让我不敢恭维喝酒者的快意人生。

若能约三五知己，或泛舟中流，或登高望远，把酒临风，畅谈人生，这才是人生乐事，才是真正的酒文化。

照心的镜子

现在的社会，物质极大丰富，无论你走到谁家，都会看到大大小小、形色各异的镜子，映照着一个个健康、美丽的倩影。先生在这里说镜子，你也许觉得奇怪。我的镜子情结源自小时候。那时，我家的表姊妹多，从小和她们一起长大，不管家里的生活如何清苦，大人总是要想尽办法，为她们准备一面镜子，以备梳妆之用。我从小不喜欢照镜子，可能是因为自己天生丑陋吧，但我喜欢看别人照镜子。

后来上师范的时候，教学楼大厅竖立着一面高大气派的镜子，上面写着“学高为师，身正为范”。老师提醒我们，要学会照镜子，看看自己的衣服是否整齐，看看自己的容貌是否洁净，看看自己眼中是否自信，然后信心百倍地走进教室授课，你的精气神、你的感召力都将影响你的学生。

当了老师后，尤体会到镜子的重要。记得在各级各类培训机构的楼梯转弯处，都会竖立一面高大气派的镜子，我这个不爱照镜子的人，都养成了整束妆容的习惯。我常想，镜子的功用着实伟大，女人照镜子，精心梳妆打扮后光鲜亮丽地出现在别人的面前，获取艳羡的目光，赢得职场的肯定。如今，男人也开始照镜子了，其认真的程度，丝毫不比女人差，可见社会真是进步了。

我心中总有一面镜子，那就是父辈教给我的善良、勤俭、踏实、上进。在生活中，我时时不忘父母的教诲，不断地修正自己，磨炼自己，丰富自己，提高自己，以弥补外在的丑陋。

实际上，我明白，再好的镜子，也无法照出人的内心。如果各行各业的人，都能遵守自己的道德底线，诚实待人、踏实做事、关爱他人、服务社会，那么，社会就会秩序井然，太平安稳。

我是一个普通人，一个不敢照镜子的小人物，但是，作为老师，我愿意做一面明亮的镜子，照亮他人。只有自觉地修养自己，规避过失，才能成为别人的镜子。

才高于群，人必非之

中国有句古话，叫“木秀于林，风必摧之”，就是说，一棵树长得过于挺拔，过于出类拔萃，过于卓尔不群，就会游离于森林之外，失去了森林的依托和保护，风就会摧毁它。这句话符合中庸之道，是中国传统对待人才的一个态度。强调任何事情都得有个度，超了、过了，就物极必反。长期以来，中国人将这一定律记得很牢，也很清楚。

今天，先生想说：“才高于群，人必非之”。同理而言，就是一旦人的才能高过了群体水平，或人的行为脱离了群体轨道，那么，众人是对他“非之”呢，还是“扬之”呢？这恐怕不能一概而论。

我们知道，智慧人群占人口比重的千分之三左右，也就是说，一千多个人当中，就会有两三个“神童”“早慧”出现，就会有几个出类拔萃之人。我们往往仰视他们，给予他们太多的希冀。中国父母“望子成龙”“望女成凤”，都希望自己的孩子是那千分之几中的智者，而实际并非这样，绝大多数的孩子就是普通的孩子，没有太大的区别，只不过接受良好的教育能助推孩子的健康成长而已。

作为教育人，我们应遵守因材施教的规律，用多把尺子丈量学生，多激励促进孩子成长。不要让孩子输在起跑线上，要给孩子一个良好的、公平的教育环境，让孩子全面发展，健康成长。我们欢迎学生有不同的个性，健全的人格。我们希望孩子们能根据自己的爱好，自身的优势，向着专业化、技能化的方向成长。不要求千篇一律，期望能百花盛开，姹紫嫣红。

我们对人才的要求必须有一个标准，是先“人”后“才”。培养热爱和平、热爱祖国、热爱家园的品质，锤炼吃苦耐劳、勇为人先的意志。用自己的专业特长，用自己的独特才能，回馈社会，回馈他人，这就是我们的期望。如此，这样的“高人”再高，我们都会欢迎，都倍加珍视和赞赏。

但是，我们不欢迎离经叛道的“高人”。老师和父母，对你倾注了全部的心血，你学有所成，专干有损于社会、有损于师长的事，这样的人，水平再高，专业技能再强，我们也很鄙视。二战期间，日本的科学家将化学知识变成“生化武器”，荼毒世界人民，这样的“高人”就是“人渣”，人必非之。

现在的人，太想“木秀于林”，太想“人高于群”了，即使冒点风险，甚至搭上生命，都认为很值。为了出名，形形色色的人，形形色色的事，使你目不忍视。

今天写这篇文章，我想说的是：人可以追求卓尔不群、特立独行，也可以学富五车、才高八斗，但不能以健康、生命为代价，更不可伤及他人，危害社会。否则，你就会被风吹折，被众人唾弃。

心向南　身向北

昨天下午，和一位文友说了会儿话，谈及诗歌创作状态，感叹精神世界多姿多彩，感念生活的两面性，感慨做人特别是做诗人的不容易。很多人的生活是心在南，身在北，这是很不好的一种状态。

诗人的思维的确和正常人是不一样的。一个节点，一个现象，引发思考，经过与心灵碰撞之后，会流露出自己的思想，往往会产生一些匪夷所思的奇谈怪论，是正常的人无法用惯常思维理解的。于是写作者就成为了诗人，成了不受大众喜欢而只共振一部分人心灵的歌者。和大众的距离越拉越远，和孤独愈走愈近，在黑屋子里高歌，在戈壁滩里疯唱。

这不是曲“高”和寡！这只能是曲“独”和寡！因为你脱离了大众，选择了小众，只能是将路越走越窄。

很多歌者、诗人，对外宣称自己是两张皮儿，也就是一个是生活状态，一个是创作状态，实际做到统一很难。不是没人做到，这需要个人有很大的定力，超强的控制力。你想想看，哪一首诗歌的产生，没有心灵的悸动和震撼，没有撕心裂肺的情感？你的作品要打动人，必有打动人的理由，绝没有无缘无故的爱和恨，更没有无缘无故的无病呻吟。

当然，一个幸福的人绝不会是诗人。诗人的内涵和外延决定了自己不会是一个很幸福的人。

能分清生活状态的人，能控制生活状态和创作状态的人，是不会在诗歌领域有大成就的，只能是个练摊儿的主，不会达到一定的深度和高度，让诗界仰目！现在很多不是诗人的诗人在创作，为应景写一些肉麻甚至奉承的东西，也会在一些刊物发表，这只能是功利性的一种表现，不会长远，也走不远。

我成不了诗人或者成不了大诗人的原因在于，自己比较清醒，很在意生活的质量，所以就成不了有成就的歌者。我这个人自控力较强，这是苦难生活带来的东西，因为穷怕了、苦怕了，不想再穷苦下去，所以对家庭、对社会的责任意识还在。

很多人在研究我的诗歌，在探究我的生活，发现我和很多文人不一样，和很多诗人更不一样。对我而言，这不是个很好的现象，作为练笔者，我是成功的；作为诗人，我是悲哀的！但是我喜欢现在的状态，大部分时间，在阳光下生活，偶尔在黑夜里吟唱，典型的“四不像”，也就是典型的心朝南、身朝北！

长大了　人未老

今天起来得很早，来到学校后，习惯性地打开电脑，浏览一下朋友们的文章和上传的照片。猛地发现，我们学校的一同事夫妇“冒雨上楼观台”的一组照片，看到两个人依偎在一起，尽显幸福之状，我不由得评论一句：“长大了，人未老！”

实际上，我说的这句话，内含两层意思：一是长大了！二是人没老。这恐怕是只有他二人，才能解其中真味。

他是我的学生，是我校的中层领导，他成长的每一步，我都是了解的，看着他的点滴进步，我是由衷的高兴。可以毫不夸张地说，他走了很多弯路，也曾经沾染了许多不好的毛病，个性张扬，不知道控制，犯了一些低级错误，给自己带来了一些负面影响。而这些影响，对他来说是坎坷，是经历，是不可多得的财富。

你想想看，一个人来到这个世界上，不会事事一帆风顺。他生长在医生世家，有很幸福的青少年时光，也正因为这样，才会养成独有的个性。天生聪颖的他，并不刻苦、进取，好在幸运，还是有了学上，并且有一宗很幸福的姻缘在等待着他。后来，少年的福和成年的苦形成了很大的反差，使他在工作之后的路，走得并不平坦。

当中层领导七年了，用他的话说，只有这两年才走上了正轨，尝到了成功的滋味。在他三十二岁的时候，他写了一篇文章，叫《在路上——我的十年》，很好地回味了自己的青涩，自己的莽撞，自己的点滴进步。听说这是献给妻子的礼物，从另一个角度看，他，的确长大了！

看到他和妻子、儿子的一组照片，隐约看到了他父母的身影，这说明他肩上已经可以担承责任了。

三十而立，这是古人给定的命题。必须在这一个时间段，要给社会、给家人、给朋友一个交代，他做到了！我眼中的他，已经是一个可以信任、可以依托、可以行走的男人了！

我希望他，不仅仅是长大，还要永葆过去的激情和阳光，去掉一些浮躁，收敛一些不足，扬长避短。当一个好丈夫，当一个好爸爸，更要当一个好老师、好领导。积淀过往，萃取生活，点亮希望且步履坚实。让激情重新燃烧，让豪情永驻心中，将责任扛在肩上，将爱心放在手上，将行动落实在脚下！

这任重而道远。

看自己

上周回了一趟老家，看到哥哥将老屋在旧址上，改建成四层的别墅式农家庭院，很是感慨。我的老家是古汤峪驿道上的一个重要元素，名曰“穿心店”。顾名思义，就是赶骆驼队跑商运的人，到了这里，会从这个店里穿堂而过，还可以在这里休憩。我想如果导演拍摄的是《穿心店》而不是《龙门客栈》，也许它的知名度不会逊色于那个大漠古店的。

回到县里，我有意地翻阅了这几年写的关于汤峪河的文章，竟洋洋洒洒十几万字，其中一部分很值得一读，很值得玩味。看着、想着，就不由得回味起自己在山里的点滴，在山外的机遇，这些竟像一面镜子，照出了自己的多面形象。

说实话，我不是纯粹的山里人。我的祖籍是汤峪唐子街对河不远的白家疙瘩，因为爷爷抽大烟，抽败了家，于是奶奶就像闯关东一样，带着四儿三女居家避难于山中，在汤峪河的小东沟落脚，繁衍生息。我经常以“山三代”自称，从来不认为山里人怎么不好，因为大山的高大厚重，大山的诚信质朴，已经深深地植根于我的心中，成为我生命中最重要的养分。

现在的我，已经不是刚刚走出大山的那个懵懂少年，也打造了一片专属于自己的天空。但一个人不管走得有多远，都必须时常回头看看自己走过的路，看看自己，照照镜子，卸下一些不该背负的东西，轻装上路，更利于行。

看自己，就得一分为二，不可自暴自弃，不可妄自菲薄。人都是有缺点的，能看到并改正，就是最好的。一个人最难的就是正确地看自己。不管圣贤还是凡夫，都不能很好地做到这些。

我也是这样。好就好在还算是一个能听进去话的人，知道“兼听则明，偏信则暗”，知道“良药苦口利于病”，基本上可以做到“三省乎己”。

有人说过：忘记过去就意味着背叛。这话对了一半，应该还有一句：不思未来就是混蛋！当然后一句话是我说的，但话丑理端。看自己，不能只看过去，还得着眼未来。记住过去，不忘传承。着眼未来，勇于进取。

人到了一定的年纪，往往会缅怀过去，这是无可厚非的，但是你会发现，同时也会卸载压力。能够和年轻人一样，永葆激情，奋力进取，生命才会有意义。站在这个年龄临界的点，我想做到：不时地看看过去，将双脚站稳；努力地眺望未来，将手伸长。呵呵，如是，最好！

两个人喝酒

我的一个朋友喜欢喝酒，人很豪放，很仗义，在朋友圈子里很有人缘。也许是年龄的关系，最近几次见他，总是踉踉跄跄的，像小孩走路一样。很明显，这是喝多了的迹象。有一天，在他清醒的时候，我问他，最近为何这般？他汗颜一笑道：心烦，一个人喝酒容易醉。

我曾经也是酒痴。在我们那个小天地，算是酒中高手，一手好拳，再加上一个好皮囊，曾赢得多少男人羡慕的目光。后来，久经“沙场”的我，终于倒在了酒桌上，因各种原因，身体垮了下来，给家人带来了无穷无尽的忧愁。

直到今天，我都没有对喝酒的人产生恶感，只是感觉他们喝酒的方式方法不对，群喝豪饮容易伤人，独斟自酌更易伤心。以我一个过来人的经验，两个人喝酒才最佳最妙。

两个人喝酒，首先是有乐趣。你一杯，我一盏，谈笑风生地进行。半斤八两，在几盏小菜的佑护下，慢慢地流入胃囊，由于心情好，就不容易醉。

两个人喝酒，还有节律。你倒一杯，我敬一盏，推过来，换过去，在推杯换盏的过程中，既消耗了时间，也稀释了酒精浓度。有技艺的，还可猜拳、行令，还可以唱歌，特别是秦岭南山一带，会唱歌的酒中高手很多。这里拳种缤纷，如“老汉拳”“螃蟹拳”“广东拳”等，行将起来，会有很多观众，随着喝酒人的曲调、音律，手舞之，足蹈之，忘情陶醉。

两个人喝酒，可以互相担待。在喝酒的时候，一个人微醉之后，另一个人可以给你拍拍背，敲敲肩，可以说你喜欢听的话，还可以忍受你无休无止地唠叨。这是一个人喝酒得不到的妙处，也不会因人多、因群饮中语言不合大起矛盾。从没有两个脾气不对的人在一起喝酒，只有意趣相投的人才会在一起细斟慢酌，如此，方可喝出酒趣，喝出情谊。

两个人喝酒，最重要的是有安全感。一个人酒量大，另一个人酒量小，大的可以给小的分担。酒量小的喝多了，酒量大的可以送其回家，亲自交到他的亲人手中，管保来回，二回也就有了信誉、有了条件邀其出来继续喝酒、聊天。如果两个人酒量相当，也会在酒酣性高之后，结伴而行，如兄如弟，感受家人的感觉，亲人的情怀。

我们不能因喝酒会醉，会误事、出事，就将喝酒的人视为洪水猛兽；也不可因喝酒能调剂精神、温暖情怀，就大加赞赏。任何事都有一个度。把握好了，就成为好事；反之，出格了，超限了，就是害人害己。我感觉人还是要能管住自己。真的想喝两杯时，就找一个真正的朋友，喝喝酒，叙叙旧，情真，意切，何乐而不为？

石头心语

我是一颗小小的石头，深深地埋在大山之中，吸收天地灵气，日月精华，蜕变为善良、宽容、坚韧、丰富、内敛、温情、由内而外地散发出一种高贵气质的玉。曾羡慕《石头记》里的宝玉，这个天生的情种，虽是无力补天的“弃石”，却能引起那么多饮食男女的追捧，他不但是美的化身，更是一个富贵温柔乡的叛逆者。

在蓝田这个美玉之乡，我这颗小石头，年少时的梦想很远大，情感很真诚，期待着被人认知，被人接纳，期待着有一段美好的情感故事。在故事中，在梦境中，幻化飞天，与人共舞。

但我只是山间万千石头中的一块丑石。没有《石头记》中宝玉那样的资质，更无那样的境遇，于是只能一个人，被裹挟着离开生养自己的土地，迈着孤独的脚步，走下高山，蹚过大河，来到喧闹陌生的地方，蜗居于鲜花盛开的城镇，繁华精彩无法让我宁静。孤独的我见到每一个人，遇到每一件事，都从诚善出发，替别人着想。遇到误解和不屑时，总能坦诚面对。我做事讲道理，说话有分寸，坚信这样一个道理：宽容别人，就是容纳自己。

午夜过后，繁华落幕，我却在窗前静静地守候。我是充盈的，不取悦别人，不委屈自己，性格温润、内敛。欣赏我的人感觉不到我外表的丑陋，他们敬于我的才华，慕于我的善良，知于我的人品，愿意走进我，了解我，帮助我完成了从石到玉的涅槃。

我始终没有忘记自己是石头。我感激每一个包容、提携、帮助过我的人，我感激接纳我、滋养我的这块土地。现在的我已经闯下了自己的天地。在这个舞台上，我长歌善舞，游刃有余，竟也拥有相当一批粉丝和观众，他们说听我说话是美的享受，和我交往就像是愉快的旅行。这也许就是平凹先生说的：“丑到极处，就美到极处”的境界吧！

乐和人生

2010年夏，我们受邀去成都邛崃市做教育交流。在邛崃盘桓的日子里，看到的、听到的、震撼心灵的，是邛崃人的生活态度，那么轻松，那么惬意，真的是乐和人生，令人艳羡不已。

全身心地放开，去掉繁文缛节，去掉修饰伪装，还原生活面目，归求生命本真，真是值得我们中原和关中地区的人好好学习。

那天晚饭后，邛崃的同行邀请我们到市区广场上游玩。广场上溢满了人，男男女女，老老少少，或坐、或走、或大声谈笑、或载歌载舞，最使我们震撼和惊异的是，每当大功率的音乐响起，各个角落的人顿时应声而起，原地起舞，是那么阳光，是那么整齐，是那么大气磅礴。

我看到一个老太太，年龄六旬有余，穿着休闲的服饰，满脸含春地率性舞蹈。令人惊异的是，她的左臂挂着绷带，右手拿着蒲扇，随着音乐忘情地舞动，完全忘记了年龄和伤痛，不扭捏，不做作，那么轻松，那么惬意，潇洒中尽透着幸福。

老太太不是个例。广场上的人虽形形色色，年龄参差不齐，都随着乐曲起舞，一曲接一曲，如波似涛，意兴勃勃，绵延不绝。几乎所有人的脸上都挂着汗，挂着笑，挂着无穷无尽的满足，挂着无穷无尽的幸福。

同行告诉我们，每天晚上，人们就从家里出来，走上大街，走入广场，融入社会，在倾诉、分享着各种各样的幸福。他们自豪地说："我们成都人就是会工作，会生活，让生命处处绽放精彩。"

可是我们关中地区的人，一生省吃俭用，累死累活，给儿子、孙子积攒财富，好像子孙离了自己就不能生存。一代一代如接力赛一样，疲于奔命，视生命如烛，燃尽自己，照亮后代。关中人的思想封闭，观念滞后，无论工作还是生活，都可以用一个"累"字来形容。身体累，心更累，特别是关中农村，更是如此。真该让他们来开开眼界！

我很欣赏邛崃人的生活态度，不仅让身体解放，更是给心灵松绑。"琴棋书画烟酒茶"，是乐和人生的表现形式；追求阳光心态，追求和悦心灵，是乐和人生的真谛。我们人到中年，不能只是空羡别人，要真正地解放自己，让我们的手舞动起来，让我们的脚走动起来，让我们的心激荡起来，在和合共舞中，赢取人生快乐！

请我爱的和爱我的朋友们共勉！

朋　友

朋友的朋字就很有意思，两个月并排在一起，很亲密，但是中间就是有那么一点点距离，恰到好处地连接在一起。走远了，就没有共同的话题；走近了，就没有原则，就到了亲人的份上，水乳交融的，说不出什么是什么了。

我这半辈子，最自豪的就是朋友多，也就是人缘还行。从深山走出来的我，当时举目无亲、一穷二白，全靠朋友相助，深知朋友的重要性，更知道要真心交往。我是喜欢交朋友的，这一点很多人都知道。我喜欢战国时的孟尝君，隋唐时的单雄信，水浒里的柴进，他们是广交朋友的典范。

但是随着时间的推移，人事的变迁，我对朋友有了一点新的认识。我以为朋友这个概念不是恒定的。所谓的“一朝相认，永恒朋友”这句话是不全对的。

我认为朋友是分时间段和圈子的，所谓的永恒就是圈子的相对平衡。

在人的一生中，每个时段都有和你交心的朋友，无话不谈的熟人，然而为你两肋插刀的人，有几个呢？他们或者她们，即使现在还在你的生活中出现，还会那么亲密无间吗？少年的闰土和中老年的闰土在鲁迅的心中还是一样的吗？

人不可能两次踏进同一条河里，当然，朋友也不可能不吐故纳新。大凡埋怨他人不够朋友的人是弱势的或不得志的人，绝没有志得意满、风光无限的人有此说道。所以说，朋友也会随圈子的变化而变化，甚至从中心边缘化。很多过去曾经有过命交往的人，会因为一方的升迁或变化，关系就疏远了，甚至于形同路人。

于是就有了说法，谁谁变质了，谁谁不可交，但是静下心来想想，既然承认世界是变化的，物质是运动的，那么这些事就会是真实存在的。到了这个份上，我的意思是，不咒骂曾经的朋友，因为人家的圈子变了，调整好自己的心态，慢慢过属于自己的日子。

说到底，人和人在一起是一个利益链，不管是物质的利益，还是精神的利益，在一个阶段是相互需要的。真正的交往是讲究对等的，只是因为圈子不一样，想法不一样，互动不一样，交往的亲密度就会不一样。

我们需要朋友，需要真诚的朋友，也必须明白交往的平台是真实的。不要一味地高攀那些你交往不到的人，就是和那些人在一起活动活动，你也是奴仆的形象，是伺候人的主儿。当然，你如果是带着目的去的，就另当别论。

在一定的时间段，在一定的圈子里，或者在一定的平台上，朋友的作用是巨大的，这一点毋庸置疑。我说朋友是保持有一定距离的亲人，就是这个意思，在一定的程度上，或者在利益链条上，有时这样的朋友比自己的亲人还亲，这倒是真的。

沧　桑

昨天写了篇文章，题目叫《夏天》，说实话，文章的内容和夏天关系不大，主要是借夏天这个话题，说说自己萦绕于心的话。文章发在空间后，看的人很多，其中民生的袁校长发了几声感慨："夏天的话题无非是炎热，而先生关于夏天的话题却满心复杂。写复杂的事，说杂繁的话，捋杂乱的绪，又无不透露出先生的从容、豁达和凡事简单处置的大智大勇。"看到后，我认为袁校长是谬赞了！

一个人能将复杂的事情简单化，是需要智慧的；而一个人，能在简单的事情中，捋出万千思绪，那是历经沧桑的缘故。

不要羡慕谁能说，不要羡慕谁能写，那只能说明他比你活得累，活得不如意。实际上真正幸福的人，就是没心没肺的。不回忆昨天，不憧憬明天。做一个男人，就守好"老婆孩子热炕头"，无复他求；做一个女人，就靠在家里那棵大树上，白天看太阳，晚上观星星，相夫教子，不做他想。

凡是有想法的人，就像佛家说的"有欲念"，就会为了这个"念想"去奋斗。生在好的环境，好的家庭，起点高点，奋斗相对就容易些。像我这样，生在闭塞的山里，受不到好的教育，也没有贵人相扶，所走的弯路，所受的艰难，是一辈子也诉不完的话语。

一个人在世上不容易，你所受的苦，流的汗，往往是别人的成百上千倍，但还是很难改变生活的状况、提升生活的质量。地球还得转，日子还得过。聪明的人，就是在奋斗的过程中学会了思考，学会了借力，学会了适应。有人说，我的思想很敏锐，想得远，说得透，看得明白，只能说明我的阅历很丰富，说得更彻底一点，就是：我老了，历经沧桑啊！

伤 害

有谁会知道，一个人对另一个人的伤害，会是在不经意之间造成的，而且，伤得还那么重。

我很自信，在红尘中，在浮华里，不会有人会比我更阳光，更值得尊重和信任了。因为我是曾经死过一次的人，对于浮名和功利，已经看得很开，看得很淡，没有什么会使我重新回到争名逐利的行列，也没有人，会使我忘却善良，去厚黑，去掠夺。

作为校长，我敢说，我是品质高尚的人；我敢说，我是洁身自好的人；我敢说，我是看淡名利的人。在自己的学校，在自己的岗位上，我努力地在做着自己该做的事，也在努力地修正自己，不做自己不该做的事。

我的笔名叫子玉，号佛家，我说自己有山人之淳朴，有仙人之高妙。当然，这话有点大，但毕竟代表着一种追求和思想，起码是奋斗的目标吧！

我以为，说真话，干实事，就是很好的。没想到每一个人的内心需求不一样，你的良好想法，到了别人那里，就不一定有善果。今天，我的一个朋友给我说了两件事，而且是我做过的两件事，在说的时候，是流着眼泪的，可以想见，我的做法，给人家的不是帮助，而是伤害。

一个走不进别人内心的人，千万不要去替别人做决定。尽管你认为很正确的东西，对别人而言，就不一定正确，你这样做了，可能会“好心办坏事”。如果，你需要帮助别人，就得设法了解对方，理解对方，站在人家的角度去想。

不管是有意的伤害，还是无意的伤害，伤害本身就是伤害！你不能去解释，也很难去弥补，只能是想方设法改变自己，做一个有心有肺的人。我觉得，帮助别人要有度，如果没有标准的老好人，无论你多么阳光，多么善良，多么仁爱，都可能会好心办坏事，无意中伤害了别人。可见，时时三省乎己，修身、修心、修能、修为，才是重中之重。

注　意

在《西安晚报》上看了一篇小文《爱情养成了淑女》，感觉到作者的眼光独到，心细如发。能从一点点小事中看到女子之所以不能成为淑女，是因为爱的缺失。被爱包围、温暖的女人是极易成为淑女的，不需挣扎，不需抢位，会注意自己的言行和修养，自觉做一个精致、知性的女人。而我从这篇小文中则看到了另一个关键词，那就是“注意”。

注意，简而言之就是被发现，被关注，珍视自己的存在。当然，能被爱包围固然很好，那么没有爱，或者爱怜领受很少的人，同样也可以走入淑女之列，只要多受关注，多被注意，就有可能活出一个崭新的淑女，成为一个温婉的女人。

注意能增强内心的自信。试想，一个女孩子或者一个女人，在人世中生活，老不被人注意，无人回眸，是一件多么可怕的事。当然，女人的美与丑不完全在于回头率的高低，但没有关怀，没有关爱，没有注视，毕竟不是一件很好的事。一个人能被人注意，特别是女人能被人注意，会极大地增强自己的自信心，提升自己的勇气。在这个世界上，没有一个女强人、女白领是内心孱弱的人。她们都是自信心极强、自我感觉良好的女人。以优雅的姿态、高贵的气质、睿智的思维、醉人的微笑征服世界，玩世事如游戏，在举手投足中，走向成功。

注意会更加美化自己的言行。我观察过，同龄的女人，由于工作不同，生活环境不同，个人的衣着装饰和言行举止会大相径庭。我们是教育人的人，我总感觉我们的女同事、女教师的举止端庄大方，贤淑得体，有异于社会闲人。不是因为学校的教学楼前有镜子，可检查妆容，而是她们深知：自己是师者，是上得台面的人，要自行自律，将自己收拾得光鲜整洁，落落大方。相反，在社会上，特别是在农村，你随处可见一个个蓬头垢面、不修边幅的女子，在临街喂奶或干仗骂人。她们本是美丽的，由于不被人注意，就放松了自我要求，对自己的装扮，对自己的语言没有了约束，率性而为，日子久了，就成了习惯。可见注意对人而言，特别是对女人而言是何其重要。注意可以提升信心，同样可以加强自律，也可以催生出一个崭新的自己。

生活中除了小偷之外，几乎没有人不愿意被人注意。被别人注意到了，就说明了自己存在的价值。也许有人说我就不愿被人注意，这绝对不是真心话，只是不愿被别人打扰自己的清净生活而已。归隐的人，修行的人，也是在乎别人注意的，只是在做出一种姿态而已。真正的修行是修心，绝不是修身，就像做善事不一定要做大事一样。修身、治国、平天下，是所有人的愿望，但要达到那个层次，那个境界，首先必须要在人们的注意中提升信心，修正自己，走向成熟。

聊　天

当校长十多年来，自己却怎么也走不进互联网的世界。每当茶余饭后，看到、听到朋友们眉飞色舞地谈论着各种网上的乐与趣，我才知道自己是真的落伍了。于是在走进新的校门之后，竟破天荒地开始研习起电脑来了。

学习电脑，首先要过打字关。用五笔打，自己的记忆力不行了，记不住字根；用拼音打，自己的蓝田话根深蒂固，很多字的发音不正确，反反复复地找不到正确的途径。于是，一篇千字文，别人可能十几分钟就能完成，我却折腾一个多小时。好在坚持了下来，竟然也在网上开通了空间，拥有了博客，将自己在生活中的点滴感悟，记下来，贴上去，还能赢得部分人的喝彩。

我写一篇文章，必须先是手写，再慢慢录入电脑文档，后进入空间或博客。这仅仅是一个慢的问题。有时和朋友聊天，在交流的时候，人家敲打键盘就像倒豆子一样，一会儿就是一大堆，而我却像老母鸡下蛋，先做好预备姿势，再积蓄力量，然后几分钟蹦出一个字来，且字句难以连贯，往往词不达意，手忙脚乱的，乱象百出。基于此，和人聊天时，先告知人家自己的状况水平，请人谅解，并虚心求教，以维持自己的聊天热情。

一年过去了，竟也从门外硬是挤进了门内，竟也能在自己的空间里纵横驰骋了。特别是龙年开始发飙，几乎是一天一篇文章，且篇篇有较高的质量，部分上传至新浪网，竟转载、收藏者众。慢慢地，我也享受到了互联网的快乐，也会在和朋友聊天、交流时语出惊人，反应快速。朋友们惊呼！白先生不得了，真的成“白先生”了！

人和人的交流，面对面时，有些话还真的不好说，更不能往透里讲，可是上网聊天就不同了，对方看到的是你的文字，没有视频就不会看到你的表情，就能将想说的话囫囵地倒出来，去除了较多的尴尬。有的时候，和朋友交流之后，躺在床上，或坐在办公桌前，回味其中的快乐和感动，还真是一件十分幸福的事情。

不过，就我聊天感悟，对于网聊，应有节制，不能沉溺，也不能视为洪水猛兽，应一分为二地看待。凡事往好处想，往好处做，在交流的时候，要真诚，要倾心，更要健康向上。像亲人一样，给人以温暖，给人以宽慰，给人以力量。

落 差

偶尔在电视上听到“人不怕痛苦，人怕落差”这样一句话，内心竟引发了强烈的震波。说得多好啊！真是一语破的，切中时弊。

现在的社会很是浮躁。人们在这个社会中丢掉了许多纯朴、美好的东西，对一些功利色彩浓郁的事总是很热衷，在名利场上，得势者春风得意，失势者度日如年，这就是落差。

我认识一位老领导，在位的时候呼风唤雨，无限地膨大自己的权力，再用无限膨大的权力去影响、主宰别人的命运，影响他人的生活。每天他家的门前车水马龙，门庭若市。那时一般人想见他一面，或博他一笑，是一件费时、费力、费钱的事。可是人再红也必须遵循规律，有年老退下来的那一天。近年来，从他家门前过，再也看不到以往的那些宵小人众，更看不到当年的车水马龙，他和所有的老人一样，骑着自行车上街，提着竹篮子买菜，更重要的是亲自用自己的脚腿行步了。

这个落差在他的心里一定是很痛苦的，可见，一个人要有平常心，要有凡人情结，那么在位与不在位，成功与失败，都不会在心里太过纠结。佛就是最好的例证，虽风光无限，但凡心一片。

有人说这话说说容易，要做到难。是啊！这确实不容易。

但是再难的事，再纠结的情，如果你不用凡心、平常心去对待、化解，就像借酒浇愁愁更愁，抽刀断水水更流一样，会更痛苦，更难以接受。即使你贵为帝王，也要善待他人，为自己积攒人脉，不至于失势后墙倒众人推，落得寂寞难耐，孤独终老的下场。

我们教育人是不可能大张大显、大富大贵的，即使你是一位名师、名校长、名教育家，也是送人玫瑰的人，留给自己的只有奉献后的满足。人生的际遇不会有太大的落差，也就不会有太多的纠结、太多的痛苦。我很高兴自己能从事这一平凡的职业，从心底喜欢自己的学校、同事、学生，远离社会浮躁，远离尘世功利，让心纯净，让情纯美，至乐无极。

渴　望

“悠悠岁月，欲说当年好困惑……”二十年前，当这首主题歌飘荡在城市乡村的大街小巷时，中国第一部电视剧《渴望》真的是赚足了人们的眼球，每当音乐响起，人们就集聚在有电视的人家，随着剧中人物的命运变化，情感也跟着起起落落。

刘慧芳，一个朴实的名字和全新的形象，深深地植根于老百姓的心中。二十年过去了，还是那样清晰，那样温暖，那样令人心动，一部《渴望》引起一代又一代人的渴望。

当年《渴望》播出时，自己才二十多岁，若说那时的渴望，其实就是事业、爱情。渴望自己的事业有起点、有起色、有方向、有期盼。当年自己已走上了教师的岗位，就是希望能得到领导认可，学生拥戴，无愧“春蚕”“红烛”之赞誉。同时渴望得到甜美的爱情，满意的婚姻。希望自己是大成，妻子是慧芳，相濡以沫，共度人生。

二十年过去了，该有的都有了，该得到的得到了，应该说是今生无憾事。可是当《渴望》的歌声再次响起，我的心还是会被触动，情感如潮，仿佛意犹未尽，新的渴望又涌上心头。

一场大病之后，我对生命和健康有了新的认识。对未来的渴望又发生了变化，今后的渴望就是让心情好，让身体好。有一个强健的身体，才能搭建美好的明天。

渴望自己的妻子、孩子过得幸福。希望他们的每一天活得充实，多一些宽心，少一些唠叨；多一些笑容，少一些苦恼。特别是儿子大学毕业后能和我年轻时一样，收获事业，收获爱情。

渴望年迈的父母身体硬朗，安度晚年，能迈过小病小坎，抛却烦心忧愁，多活几年，多看几天光阴，多享几天清福。自己有事无事多回家看看，陪陪爸爸，陪陪妈妈，悉心守护，静享天伦幸福。

渴望每一位关心、关注、关怀过我的亲人、朋友，能日随所思，夜随所想，心想事成，天天如意。就像《好人一生平安》这首歌中期盼的一样，祝愿他们一生平安，一生幸福。

当歌声再次响起，当旋律漾动心潮，我的情感之波如大江大河，汹涌澎湃。渴望里有老百姓的心声，也有个人意愿，因为每一个人都有渴望幸福的权利。我们不但要有渴望，还必须有实现渴望的勇气和动力。相信阳光总在风雨后，相信无限风光在险峰，也相信只要付出，就有可能使渴望变成现实，并走向成功。

一个女婿半个儿

昨天，有一位和我的婚姻状况相似的朋友，无意中聊起了家长里短，在众人公认的幸福里，隐含着丝丝无奈。上门女婿的担当和责任，没能在自己的爱人身上体现出来，一个女婿半个儿的承诺，在多变的关系中，是那样难以实现。

多少年来，什么事情都在变化，可是，人们对“一个女婿半个儿”的期盼未变。特别是，男权社会在进化中削弱；女权独立在和谐中高挺。女婿对爱妻的浓浓情意，已发散到女方的层层叠叠的网络之中，成为当前的一种普遍现象。

我参加过太多的婚礼，也接触过太多的女方家长，在他们的口中，在他们的心上，俨然已经将自己的女婿看成一个完整的儿子。我明白：一是要给女婿儿子般的爱；二是要给女婿以男人的尊重。

我是上门女婿，我的肩上担负着更多的责任。生活也使我明白，处理好方方面面的关系，需要智慧，仅凭一腔热情是不够的。在工作中，在生活中，特别是在家庭中，必须做有心人，必须做舍得付出而且善于付出的人，才有可能做到和谐共进。

我要说的是，作为女婿，你自己要将自己当作女方父母的儿子来要求。要有真正的家庭责任感，要明白自己肩上的担当，要努力为家人创设一个安稳、幸福的港湾；绝不可做“勇往无钱”的人，是男人，就不能做对家庭无助的人。

我要对女方家长说的是，女婿毕竟不是儿。女婿有错的时候，你不能踢，也不能打，只能是像自己的儿子一样去爱，还得像自己的朋友一样去尊重。只有这样，他才能更爱你的女儿，更爱你的家庭，更好地承担建设、维护家庭的责任。

有些事，说着容易做着难。我的那位朋友，之所以出了点问题，是想不明白一些事，缺少相处的智慧。我相信：只要心中有爱，肩上有责任，就没有过不去的坎，蹚不过的河。

自　愈

这十多年，由于身体的原因，和医院的医生打交道的次数很多，再加上我是从农村医生世家出来的，对治病一途，自有我个人的一些独到的见地，其中自愈，乃是治病的最高境界。

小时候，看到父亲披星戴月地走在乡间的小路上，给乡邻送去温暖，送去健康，看到病人及家属的脸上绽放的笑容，我感到乡医父亲的伟大。但是，当我高中毕业，选择工作方向的时候，我没有选择医生这个行业。一是觉得辛苦，二是感觉到治病救人是就事论事，远没有拯救思想、启迪智慧高尚。所以我选择了教育，也如愿当了一名好老师，成为了一位优秀校长。但是，我对医学、对医用一途的认识绝不肤浅，有相当的眼光和独到的见解。

后来，我在工作中积劳成疾，走进了医院，走近了医生。在服药与打针之间，在长久面对白衣白帽的思考当中，特别是在我的康复之路上，我真的感到：病人除了服从医生外，必须树立信心，科学治疗，阳光生活，自治自愈。

我认为：吃药打针，手术理疗是西医的治病手段，及时、科学、高效。可以缓解痛苦，解决一些身体疾病，这是治病有效的途径。然而，不足之处也有，甚至副作用也大，但绝不是真正地使患者康复的最好途径。中国人讲阴阳，讲平衡，讲度，过犹不及，欲速则不达。

一个病人，在面对病痛的时候，必须要内心强大，不怕病，不惧痛，这是基础。然后听医生的话，在战略上藐视，在战术上重视。管住自己，规律起居，阳光生活，这就是最好的自愈之法。这也好比中医理论，温故出新，阴阳平衡。好的心态必然有好的行动，好的行动必然有好的方法，好的方法就会解决问题，使你从内到外散发光辉，走向健康。

我个人的经历使我深知自愈的重要性。人的身体机能本身就有免疫和自愈能力，小的感冒发热，小的口舌生疮，其实你不治，过一段时间也就好了，只是过程稍长而已。得了大病，除了遵医嘱，科学施治外，重要的是要自强。有的人，知道自己患上不好的病症后，很快就不行了；而有的人知道了真相，还能和没事人一样，照看日头东升西落，笑看花开花谢，反而好了，后来的生活更加精彩。

我在和医务朋友聊天的时候，谈到自愈理论，朋友认为精辟，独到，是一个非医学人士的专业论断。其实，人生谁没有个磕磕碰碰，谁没有个病病灾灾，关键是你面对这些的态度，关键是你处理这些的方法，如果能在医生的帮助下，展开强大的自救行动，那你还怕什么？还愁什么？相信明天的太阳同样升起，相信未来的天空同样蔚蓝，不信，你就试试吧！

无月中秋

此刻，我的一个朋友，在聊城十七层的楼顶，赏月。头上孤月一轮，脚下万家灯火。

整个顶层开阔而平整，八月中秋，身在高处却不觉寒意。散开长发，拂过耳际的风微微凉，徐徐而温柔。头上有月，脚下有灯，一个人独占这方天地，真是奢侈了。或坐或站或缓步行走，无他，只有月影跟着，真好。只叹无法舞一曲，脚步踏碎月光，影零乱。

同样，此刻，整个山峦，整个城市，陷入一片灯火中，今年西安无月！这是一个无月的中秋。

早上，我听一个朋友说，他很爱一个人，想和她成月圆之好，可是他心目中的她，给他出了一个难题：今晚有月，此事定矣！可问题是，早上天就阴了，晚上如何能有月出现？她说：我们本来就不应该在一起，如果造化弄人，真的有月高悬，我也就认了，在你的歪脖树上吊死！

我听了朋友的话，只给一句答复：哪有将自己的命运交给天地造化，交给别人来操纵的。

爱一个人是很痛苦的事情，你首先要忘我，其次要付出，还要学会百折不挠，坚韧中透射坚强。被爱，是一件很幸福的事情，你在接受的时候，还不忘选择，还不忘吹毛求疵！

每个人都想在月圆的时候，自己也能浪漫一番。但是，现实中有很多不确定因素，会影响你的发挥，也会影响你的福报。别人能做到的事，你不一定能做到；别人能享的福，你不一定能消受！

就像今晚，山东的朋友能“举杯邀明月”，而我们西安，我们蓝田，却看不到月亮，也享受不到诗意和浪漫。更不要说那个悲催的朋友，好不容易用沸腾的热血化解了坚冰，好事将成，谁承想，一个简单的条件设置，使自己在夜幕下，影只形单，饮恨而泣！

无月的中秋，也是中秋。只要你心中不存臆想，就不会失落。和家里的人在一起，吃一顿普通的饭，尝一块普通的月饼，看看电视，说说话，也是一件蛮实在的事。生活就是生活，生活需要浪漫，但不会事事浪漫。就像八月十五需要月亮，却不会年年有圆月高悬，清辉铺地。

有病的幸福

十年前的春天，在一次体检中，我被划入“病人”之列。记得那一天从临潼回家，途中的风景不再是红花绿叶，春风和畅。总有一个极端的情绪充盈心间，欲哭无泪。

看着年轻的妻子，看着幼稚的孩子，我明白为人夫为人父的责任。三十五岁，多好的年华，是应宏图大展的年龄啊！在当时的教育序列中，许多功成的教育管理者，无不看好我这个个性鲜明、才华横溢的校长新秀。可是，病魔的迫近，将我的事业、我的家庭推向了一个不可复救的深渊。

随着频繁进出医院，随着寻医问药之路的延伸，在生与死擦肩而过的间隙，我没有苟延残喘，而是创造了医学奇迹，完成了自我救赎。

回想这十年走过的路，回味在灾难面前的顽强抗争，回忆着亲人、朋友的支持和牵挂，我，竟能从苦痛中感受到丝丝甜美，从灾难中体味到阵阵幸福。

我最崇拜的伟人——毛泽东同志给了我方略和力量。“在战略上藐视敌人，在战术上重视敌人”成为我对待病痛的策略。在战略上藐视，就是要视病魔为无物，不惧，不怕，泰然处之。在战术上重视，就是要尊重科学，管理自己，该吃药的时候吃药，该打针的时候打针，该休息的时候休息。不能纵欲乱行，不能想干什么就干什么，要以极大的毅力来完成自我管束。

十年来，在任何场合，在任何地方，不管人多人少，我总是不管不顾地谈论着我的自愈理论。心态阳光，这不是一般病人能做到的。我曾给很多病友讲，病人不是罪人，更不是犯人，为什么要自己看轻自己呢？堂堂正正地活着，清清白白地做人，怕什么呢？我的几位教育界朋友，患病后怕人知道，更怕人问候，这是心理不健康的表现。我给所有的人说，爱我的人走近我，怕我的人请走开。良好的心态，造就了我坚韧的性格，坚韧的性格书写了我坚强的人生。

在工作的时候，多动脑子，少出蛮力。用真诚调动团队的工作热情，用智慧求索一个又一个辉煌的业绩。这十年，也就是有病的这十年，自己由一个青涩的管理者成长为一个名副其实的优秀校长——陕西省“中学骨干校长”。自己的精神，自己的品质，自己的能力，自己的业绩，足以感染和感动他人。

在生活中，洁身自好，自觉接受老婆的管理和监督，规范起居，规矩生活。日出而作，日落而息，规矩地行进在意志的大道上，养足了精神，形成了习惯，这不，我又以一个健康人的姿态活跃在阳光下，春天里。

我不能忘记：这十年，朋友、同志的关注、关心。在医院的日子里，我的人缘使大夫们震惊。看我的人，关心我的人，有秩序地从大楼的一边上来，再从另一边下去。在单位的日子里，总是有那么多的兄弟姐妹替我完成一个又一个的难题和任务，在这里，我深深地感谢你们！

我不能忘记：这十年，我的亲人，特别是我的妻子的倾情呵护。一个女人有多少十年的青春岁月，而我的妻子就是在风华正茂的青春十年，陪我走完了康复之路。本来还算漂亮的她，如今已华发在鬓，我虽在嘴上无一句谢语，而在我的心中，却有许多感动与幸福。

只有病了，才知道健康的重要；只有重新健康了，才更知道健康的可贵。别人在病痛中悲天跄地，而我却在病痛中饱尝友爱，品味幸福。非我是人之另类，是因为我更知感恩，更能理解生活的真味，幸福的意义。

父爱如山

最近，每晚我都守在电视机前，看电视连续剧《养父》。自己虽为七尺男儿，在社会上以刚毅著称，可是在观剧的过程中，我的心被父爱猛烈撞击，多少次陪着主人公泪如雨下。

张国立饰演的“养父”，是这几年来演得最好的角色。我这刚强的外表里包裹着柔弱的心，被他每一个举止、每一句台词触动。有人说表演得好是艺术家的本分，而我更看重的是剧中演绎出的浓浓父爱。

今天是农历十月初一。几乎所有的晚辈都要回家，跪在已逝亲人的坟前，烧纸祷告，祈愿自己的亲人在天堂一切安好。妻子前几天给我说，她梦到了已逝的奶奶，特意叮嘱我买两身纸衣服，一起回家给奶奶上坟。我认真地做了，因为我知道这是晚辈的念想，亲情是润泽心灵的不竭的江水，会千秋万代滔滔不绝的。

在这个特殊的日子里，我也想到了我的父亲。我的父亲是一位医术高超、人品一流的农村医生，在乡间，在邻里，享有极高的威信。在我们儿女的心中，他更是一个标杆、一座丰碑。在他的身上，我不但体味到了浓浓的父爱，也跟着他，学会了做人。

我的父亲一生坎坷。在他的生活道路上，真的充满了艰难，充满了险阻，可是从未听到他的叹息、他的抱怨。父亲很爱我们，在那个缺衣少粮的岁月，他总是尽其所能，为我们的成长创造条件，总是殚精竭虑地完成一个好父亲的义务。作为儿女的我们，真切地体会到什么叫父爱如山。

父亲比我文明。我有时在孩子不听话的时候，会打一巴掌，可我的父亲从未打骂过我们。他极尽孝心地送走我奶奶，又和没有文化的母亲一起，含辛茹苦地养育我们。我今天之所以在教育界能受人敬仰，这一切，源于父亲的教育。

父亲年纪大了，重病缠身，从去年以来，越来越严重，真的不知哪一天会离开我们。我有时候真的认为：天公是个睁眼瞎。我的父亲看了一辈子的病，行了一辈子的善，积了一辈子的德，为什么到头来自己要承载偌大的病痛折磨呢？

这一段时间，我的心很是纠结。我想让我的父亲长寿，又不愿看到他老人家被苦痛折磨。多少个夜晚，我从梦中惊醒，怕父亲有不测，赶紧给家里打个电话，知老人家安康，方敢睡去。父亲得的是心脏衰竭，现代医学是无法医治的。看到父亲日渐消瘦的脸，我和哥哥的心在流血。我们哥俩是汤峪河出名的孝子，也有能力让父母过上好日子，却不知如何能替父亲分解病痛，真是痛彻心扉！

今晚看到《养父》中感人的画面，便想起了父亲，我是潸然泪下，情难自抑。我只能尽可能地抽出时间，回家陪陪父亲，让父亲在最后的日子，享受陪伴的温暖。汤峪河的山再高，也高不过父亲在我心中的位置；汤峪河的水再长，也长不过我对父亲的思念。我和父亲有个约定：父亲走的时候，我不哭。我想，像我父亲这样的人，应该是有尊严地平静地走向极乐的。

忙中偷闲话思考

最近有点忙，最近有点乱。

国庆节到现在，我几乎是脚不点地，形迹匆匆，还无法盘点，到底忙了些什么。

每年的假期，我是不出门的。我的身体不好，享受不了长途跋涉，也感受不了旅游的乐趣。我在高考体检的时候，明明脚板儿很正常，而往往出去走一天路，脚板儿就生疼。去年暑假到东北培训，忙里偷闲，和几位校长到哈尔滨的太阳岛上转悠。向导是高堡的何校长，他年轻，喜欢走路，硬是不坐车，带领我们从驻地出发，一直走到松花江边，再坐船过去，在岛上行走。从早上出发，到晚上回来，我感觉脚已经不是我的脚了，腿更不是我的腿！那个痛苦，是无法言语的。

我喜欢蜗居。在自己的家里，想怎样就怎样，想几时起床就几时起床，想几时睡觉就几时睡觉。但是这仅仅是理想而已。首先是睡不着。晚上一般六七点上床，在床上辗转反侧，一会儿玩手机，一会儿看电视，脑子出奇地清醒。十一点前能睡着是奢侈的，有时会在这之后很长时间难以入睡。早上五六点就醒了，妻子很累，我不能开手机，不能开电视，甚至于不能开灯，因为反光会使她休息不好。我比较懒，不爱锻炼，每到这时便赖在床上胡思乱想，想过去，想现在，想该想的和不该想的。

佛说“人生来就是苦的，苦的根源是人有各种各样的欲望，只有消灭欲望，才能进入极乐世界”。但是，人是不能消灭欲望的，所以在当下，或者在有生之年，人是不可能有“极乐”的。既然欲望是人行进的动力，就会为了欲望付出代价。正常的欲望是人基本的诉求，是人应该想的事情。一般不快乐，不幸福，就是想的多了，甚至于越界了。在自己的家里，想别人家的事，在自己床上，想别人床上的人，你不难受才怪！

要说明的是，我睡不着与这无关。我早过了 “看山不是山，看水不是水”的年龄，而现在是“看山还是山，看水还是水”。不敢称看破，能分得清哪些是好，哪些是坏的，更知道哪些能做，哪些不能做。

是时候做个总结了。在闲暇的时候，回视走过的路，回想做过的事，回味说过的话，将它们记录下来，编辑成文，在写不动走不动的时候翻翻，激活自己的脑子，争取不犯老年痴呆。

更何况，有些东西，是思考所得，不敢说有智慧，不敢说有普世性，但是能给人一点启迪和触动，对于在路上的人来讲，看了想了，会少走弯路，少做很多无用功。我想，能有机会站在高个子的肩膀上，开阔视野，又何乐而不为呢？

近几年，我很勤奋。我本来是不勤的人，之所以勤奋起来，是知道自己的身体状况，知晓自己能走多远。一个创造了医学奇迹的人，不奢想，不贪恋。有人说我很阳光，值得交往，值得托付，是啊！八年来，我就没做过亏心事，没说过亏心的话。别人可能挂在嘴上，而我却是落实在行动中。凡是别人让我办的事，尽可能地办好，办不了也会给人说明原因，甚至于指一条明路。凡是别人和我说的话，会牢记于心，用自己的智慧，与人拆解生活的烦恼。

我这辈子最大的收获不是事业做得多好，而是人气很旺。我是个质朴、实在的人，对人没有伤害，对己也就修得了福报。能大难不死，能健康快乐，就是修来的福。我不信任何宗教，却坚信自己的信仰。一个人起码要有自己的追求，有自己的思想，不能盲从，就不会无助。

我记得，有一次参加同学的婚礼时，随份子，写礼单的同学，将我的名字故意写成“欲吻”，惹得同学们哈哈大笑。几十年过去了，这个笑料依旧有人提起。我就在思考了：我的“欲”在哪里？我的“吻”又在哪里？这些东西是不是所有人的愿望？男人的愿望很大，每个人都想“醉卧美人膝，醒掌天下权”，但可能吗？大多数人也就是想想而已，只有极个别的人，才会有这么大的造化。今天写下这些文字，就是想捋捋这一时段的心绪，在忙而乱的节点上，让心沉静下来，继续做功课，潜心修行，提升自我。

爽约的无奈

在这个社会上，我最引以为傲的是：诚信做人。但是，多少次的爽约，使得自己不得不从心里反思这个问题。

多年的老同学到了县里，邀约坐坐，本是件很好很妙的事，誓言旦旦地答应下来，到时候了，却放了朋友的鸽子，朋友不爽，自己更是无地自容。

好多过去的至交亲朋，很长时间没有了联系，偶尔找到了我的联系方式，说自己家里有点事，需要去捧一下场，交流一下感情，可是临到出发，总有一件更紧迫的事情降临，使我不能赴约，留下无尽的遗憾。

此类的事件，一次可以作罢，两次可以原谅，多了呢？又该怎么去解释，就算你巧舌如簧、能言善辩，恐怕也不好去反复解释吧。

我现在才知道，或者说才能理解，什么叫“人在江湖，身不由己”。这里的江湖，就是自己的生活环境，就是自己为之奋斗，并为之挣扎的生命场。

在这个生命场里，人作为一个个体，是很卑微的。如果没有足够的实力、足够的能量，你就不会有话语权，就不能左右自己的行踪，甚至不会有自己的思想。

在流动的场所，在变化的生活中，你只有适应，只有顺从。如果你不想适应和顺从，除非你什么也不想，无意功名。假如你还有想法，还有期盼，你就必须遵守生命场中的律条。

爽约的事，多是因为变化而起的，绝不是你的本意。因为变化，所以改变；因为改变，所以爽约。说穿了，这是一件很无奈的事。

世界上有很多不明白的人，他们会单从一点出发，评判你的品质。比如，你的爽约使他不快了，就会对你口诛笔伐，会联合许多你曾经也爽约过的人，开你的批斗会。如果经常在外面混的人，这些事可以沟通；对一些思想狭隘的人而言，这些事不可沟通。

那么，既然生活在这样一个圈子里，就必须遵从一些潜规则。作为最不起眼的卑微大众，你就必须承受这些东西。你也可能本质非常好，也可能和我最初的想法一样，但在行进的过程中，你就会感受到变化中的无奈，不要抱怨，确实因为我们目前，还没有足够强大。希望我们能够用足够的宽容，去体谅无奈的爽约者。

心烦话自多

最近，真是多事，家事、校事、天下事，事事烦心！

母亲逝去两年了，上周五是祭日，头天晚上我回去祭奠，第二天还没等到上坟祭扫，就被局里的电话催回来开会。到了这个时候，我才真能体会到什么叫忠孝不能两全！

同样是上周，局里主管教学的领导来到学校，召开分析会，这对我来讲，是一件很汗颜的事情。当了十七年的正职，每每是给别人讲复课策略，给别人讲如何提高成绩，现在，自己所带的团队的教学质量久久徘徊在末位，且无计可施，这是一件欺脸又欺心的事！

也还是上周，局里连续开了几次维稳会议，气氛空前紧张。学校跟着忙碌起来，做好了各种预案，严防死守，作为一级法人，是战战兢兢，如履薄冰。

我自认为是个心态阳光能力较强的人，在过去的几十年里，总是能逢山开路遇水搭桥，没有一件事能难倒我。也许现在老了，不中用了；也许时代变了，跟不上形势了，反正现在做事怎么感到这样的难啊！

一年来，没有一天坦然地度过。总感到自己是在不合适的时间，来到一个不合适的地方，在干一件不合适的事情。

众所周知，我的身体不太好，能活到现在是个奇迹。我常给人讲，对待病魔，我是秉承“在战略上藐视，在战术上重视”的态度，严格规范地起居、规矩生活，才有了今天的状态。十多年来，感谢一路关怀过我的亲人们、朋友们、同事们。我是个感恩的人，我会铭记每一个点滴，每一个过往的。

最近老婆对我很有意见，因为我回到家里，要么不说话，要么就是没来由地发火。本来就是两个人生活，因为我的原因，家里的气氛变得不太和谐。我知道我的病在哪里，短期是不可能有所改变，只能是让妻子先受委屈，谁要她是我老婆呢？

我是个没有职业倦怠感的人，但是昨天和一位资深的老校长交谈，表达了我的退意。虽然很热爱教育这个舞台，但是在现行体制下，在现行教育背景下，在错综复杂的矛盾中，一个校长要有所作为，是一件很难的事情，何况自己不是超人，也不可能超越现实，做出惊天地泣鬼神的壮举。

我不能说教育怎么了，因为我本身是个教育人。子不嫌母丑嘛，教育人不能说教育不好。但是，教育确实病入膏肓，而所有的治疗办法，都是隔靴搔痒，即使有一点点效果，也是疗外伤，根本就没有从内部起作用。

我不好说学校怎么了，因为我是学校的校长。学校发展的困境，应该由我来破解，但是面对现状却很乏力。一个没有话语权的校长，只能改善维护，只能修修补补，是不会有所增益的。

现在的我得了一个“不糊涂病”，因为清醒所以无助，因为无助所以无力，因为无力所以无为。板桥先生说难得糊涂，是啊，人要能糊涂该多好啊，偏偏你不糊涂，所以你就会有无尽的烦恼。

好长时间没有码文字了，许多朋友问我在干什么，我真的很忙，但是却说不清干了什么。每天晚上回家，总是很困，但睡不着。经常性的失眠，满心的忧思换来满头的白发，不知道这样下去，生活对我而言，还谈什么质量？

呜呼！该休息了！该放下了！但是，像我这样一个人，真正的去掉身上的担子，心能否平静能否安逸？还真是个未知数。不复何想，就不复他想，但愿如是吧！

温故2008

2008年的春天，我是在上海度过的。当时和陕西省的几名校长在教育部校长培训中心学习研讨，在华东师大度过了一段紧张而又快乐的时光。

5月12日，我们在校长大厦二楼听专家报告，休息时，只见四川、甘肃的校长们惶恐地走来走去，手中的电话此起彼伏的，不知出了什么事，一会儿消息传来，“汶川地震了！”

下午，整个校园都在谈论着同一个话题：“汶川地震”。四川、甘肃的同志已请假连夜赶了回去，电视上二十四个小时都在直播，全国人都在关注抗震救灾的每一项进展。妻子的电话打过来了，说陕西有很强烈的震感，并询问我在上海的情况。我知道这是一份挂念，由于任务在身，我没有回家和妻儿一起在家防震。听说好几个晚上，都是妻子带着儿子，在大街上或操场上度过，想起来，这是我做人夫，为人父失职的地方。

汶川地震牵动着全国人民的情感。一方有难，八方支援！大国体制在灾难面前的从容、镇静，表现出来的温暖与强大，是世界上任何一个国家都可望而不可即的。在伤痛中，在灾难面前，传递的全部是温暖和感动。

2008年8月8日，举世瞩目的北京奥运会如期举行。没有因地震而延误，更没有因地震而草草进行。这是一个世界盛会。

中国人能迅速从灾难面前抬起头，挺起胸，一手救灾，一手迎奥运，这就是中华民族的伟大之处。

开幕式的宏伟大气，运动场上健儿们的捷报频传，给世界人民一个信号：中国已跨入了世界强国之林。从没有过这么一年，中国能被世界人民瞩目，令世人惊异；也从没有这么一年，能被世界人民尊重和感动。

几年过去了，一个新的汶川已经建成。汶川人民已走出了灾难的阴影，走进了幸福、有序的生活。

几年过去了，奥运会的精神、光芒依然四射。在奥运会的建设、组织过程中，在奥运赛场内外，一个个动人的故事，一个个光鲜的奖牌，都铭记着中国人的感动和自信，骄傲和自豪。

温故2008，是不想忘却这一年太多的记忆和太多的不易。灾难是重建的动力，苦痛是前行的催化剂。不忘过去，是为了更加珍惜现代文明和幸福生活。

温故2008，就是要以感动为基因，以榜样为力量，高扬民族的头颅，高挺中华的胸膛，多做有益于民族的事，多说有益于团结的话，相信在温故中知新，在知新中会走向盛强。

也谈关系

在生活中，每个人不可避免会和人发生碰撞，也就构成一定的关系。对于关系，现在研究得较多，甚至于有些人开讲坛，专门教人们如何交往、处理关系。今天我想说的不会那么复杂，也上升不到那个层次，因为我的修为不到，不会有那么多的惊世之语。

我要说的是三个层次的交往，也就是说三种关系：

首先，女人和女人的关系。

在社会生活中，到处是女人的身影，往往给人的印象是，很少女人会单独地行动，总是呼朋引伴，呼啦啦地一对或一片，最少也是两个人手挽着手、肩并着肩，在大街上行走，在商场里出入。走到哪里，哪里就有了风景，生活也因此增加了亮色。

很多女人非常在意自己的闺蜜，在不同的时间段，总是会选择不同的朋友，成为在一起说话的人。这本来无可厚非，但是我发现，女人有一点是不同于男人的，就是不大喜欢说实话。即使是闺蜜之间，也不是无话不谈，也会有那么多的隐忍和掩盖，不愿意让人看到自己真正的一面。所以我说，女人和女人之间的交往是需要智慧的，换言之，女人的心机很重，所以一辈子都想用化妆来掩饰自己。

再说，男人的不同。

男人和男人之间，没有那么多禁忌，一般都是敞亮的，实在的。一个男人对另一个男人的好恶，一般都很直接，也就是说相当地爱憎分明。

男人和男人的话题，就是老三样：事业、金钱和女人，而且讨论起来乐此不疲，大声地吆喝，声嘶竭力地呐喊，生怕别人不知道似的。

男人好面子，在人前是不允许丢份儿的，但是一个人生活的时候，还是很节俭的。交朋友喜欢直来直去。在一起的时候，注重的是态度，享受的是默契。当然，男人也不是没有心计，也有比如刘备这样的人，很隐忍、很有谋略，这是干大事的人。

而男人和女人之间的交往，说穿了就是一个平衡。也就是说 ，谁离了谁都不行，谁离了谁也能行。

男人和女人之间，是个简单又复杂的过程。很难说，有如闺蜜般的紧密关系，如果有，定力不好的话，就会不纯洁，就会超脱朋友的关系。也不可能无话不谈，因为同性之间喜欢听真话，异性之间，特别是女人喜欢听恭维的假话。

现在的男女之间，有四种交集，一是夫妻，二是朋友，三是情人，四是性伙伴。可以这样说，几乎超越不了这四种关系，异性之间的交往，必会是其中的一种或几种。简单的邻居或简单的同事，是不会发生相交相合的。

男人喜欢女人，是因为女人是水，无论什么时候，都是柔柔地、曼妙地流淌着，从外在到内心都很舒服；女人需要男人，是因为男人是山，有伟岸的身躯、无穷的力量，能为自己遮风挡雨，能为自己开疆拓土，搭建温馨之所。

所以说，女人和女人之间，是一种心机；男人和男人之间，是一种默契；而男女之间，则是一种平衡或制衡。这样的观点虽为一家之言，但也是思考的结果，希望看到这篇文章的人，能引发更多的思考，更希望抛出的是“砖”，能引出真的“玉”来！

素质与文化

中午，和班子成员交流学校的一些状况，谈到了素质，还谈到了文化，我顿发感慨，这的确是个很大很沉重的话题啊！

什么是“素质”？恐怕还没有人能给其下个精确的定义。一般的要义是，素质是对人所具有的生物属性（包含身体素质及其细分）、社会属性（文化素质、科技素质、政治素质、音乐素质等及其细分）总的评价，它是对人被作为独立的生物体所进行的评价，以及对人与自然、人与社会（包含人的个体与各种群体）之间发生的所有联系的人文评价。在定义其以前，还是应当确定观察的立场或视角。人们经常对它的概念予以偷换或者予以曲解，往往用文化素质、科技素质、政治素质、音乐素质等具体表现来代替素质的概念，从而将素质所要表达的意思予以置换或者狭义化。

“文”是外在的美好的东西，也是美好的精神表现及道德的象征。《周易》中有这么一句：“刚柔交错，天文也。文明以止，人文也。观乎天文，以察时变。观乎人文，以化成天下。”而“化”就是细察人类的各种美好的风尚和精神，用以教化天下人民，也就是用人的美德去影响人，感化人，让人的境界得到提升。

一般来讲，人们总是将素质和文化连在一起，认为有文化的人肯定有素质，可是，在我生活的圈子里，却感到未必是这个理儿。文化和素质是搭墙儿的，但不是说有文化的人就一定有素质，不知列位是否认同？

世界上基本拥有这样四种人：一是有文化没素质，二是有素质没文化，三是没素质没文化，四是有素质有文化。没素质没文化的人是可悲的；有素质有文化是可敬的；有素质没文化的是可怜的；有文化没素质是可怕的。

实际上，我们教师大多是有文化的人，但绝不都是有素质的人。这种人的可怕之处在于，自以为有文化，自仗其有文化，就教化人、教育人。可是自身的素质不佳，或没有素质，就会将良家的孩子引上歧途。教师就是用自己的言传身教来影响人，知识和文化只是工具而已。自身不正，怎么能扶正一棵倒斜的树苗，又怎么能匡扶天下，济人济己？

我们唾弃没素质没文化的人，我们仰慕有素质有文化的人，我们尊敬有素质没文化的人，但我们绝不能做有文化没素质的人。

说这些，不是我看到了某位教师身上的问题重症，而是对当前的社会现象，以及社会上的人文气象有所发现、有所深思。就是想告诫我的同行，坚决不做有文化没素质的人。当然有文化的人也不都是教师，但这些人应该担当社会道义，促进社会和谐发展，这是自己的义务，更是自己的责任。

回车键？诗人？

昨天和一位文友谈及诗歌，文友很是感慨：一是先生能量超凡，近期诗歌产量大增；二是先生可能思凡了，一首首情诗醉了心灵。我笑而无语。

关于诗歌，我既是爱好者，又是门外汉。何以言之？就是二三十年前，我就涉猎该领域，也曾感染过、激动过若干人，特别是我们陕西的一位全国诗歌金奖获得者，看了我的作品后，力劝我放弃校长岗位，做一名纯粹的诗人。二三十年过去了，我还是我，没有成为一位诗人，更没有成为家喻户晓的名诗人。

我曾给诗人画过像“有人说诗人是疯子/ 诚不为过/张开胸躺下来/感受大地的脉搏/苦苦地思佳句/两手空空一无所获/无意间动灵感/ 诗意流成河”。

我还曾感慨地说《今天不写诗》“今天不写诗/是诗意迷漫了眼瞳/今天不写诗/是诗行间隔了距离/今天不写诗/是诗眼铅塞了心灵/太多的真情/太多的感动/会使诗人发疯/还原本真的生活/返璞后的心境/真实的/弃去月华/阳光普照/温婉生动”。

我还誓言旦旦地说《不做诗人》“站在思念的高地/吹响招魂的唢呐/一曲婉转的酒歌/唱不出诗人的心声/将撕心裂肺

的痛/装进酒缸/加封千年的条/去酿造万年的爱情……不要做诗人/游走通玄的旅程/在苦难中敛羽/在涅槃中重生”。

而真实的是，我是典型的两张皮儿。一个是生活状态，一个是创作状态。在生活中，规范起居，规矩做人；在创作中，纵横捭阖，肆意作为。

近年来，我遇到了两位很好的诗人，其文风对我影响很大，才知道自己的诗歌之所以没有成名成家，就是缺乏诗意的语言，没能营造很好的意境。很直白的表达方式，让所有的人都看得明明白白，没有回味咀嚼的余韵。诗歌的高明之处，就是让人看不懂，让人猜。也就是说让人想象作者想说什么，想表达什么，一千个人若有一万个解释，这就是诗歌的魅力。

现在写诗的人很多，特别是年轻人多。对诗歌的真味不在意，对其形式，对其语言，是极尽夸张之能事，更有甚者，一句“我爱你！”打上几个回车键，就是一首诗歌。我和一位朋友开玩笑说，我的能力就体现在善于发现话题，会发散成文字，会打回车键，所以也就会写诗了！朋友笑得前仰后合。

现在的诗坛可谓是牛鬼蛇神太多，各种流派，各种群落，就好像素质教育一样，遍地开花，山头林立。所谓的高人，大多是神人。所以评出来的东西，也就神神叨叨的，没一个正行。越是有名的人，东西越深奥难测，你很可能看不明白。这也符合诗歌的逻辑，好像看不懂的东西就是高妙的代表，让你们这些肉眼凡胎看明白了，那还叫诗吗？

我这辈子注定当不了诗人了，一是还在清醒，还没神；二是话多，装不了神秘，也就成不了大家。今天写这些文字，无意批评谁，也无意贬低谁，只因昨天和一位朋友聊天，触及这个话题，就说了这些唠唠叨叨的话，如果大家看了，感觉有点神经的话，说明我离诗人的境界真的不远了！

哈哈！回车键！
哈哈！诗人！

写于生辰之日

女人的微笑

女人的微笑

上中学的时候，历史老师在讲课时，让我们看了名画《蒙娜丽莎》，他介绍道：《蒙娜丽莎》是意大利文艺复兴时期著名画家达·芬奇的肖像画作品，魅力全在于那微笑。当时少不更事的我，还真的感觉不到这个女人的笑有何特殊之处，只是朦胧地觉得和我身边的女人不太一样。

直到现在，缺少艺术细胞的我，还是很难从那个女人的神秘莫测的微笑中，感受到特殊的情愫来。只是随着时间的推移，年龄的增长，对身边女人的观察，感觉女人的笑着实具有魅力，有时像春风，有时像迷药，有时像毒药。

女人的笑容往往具有强大的力量。要不怎么说“一笑倾人城，再笑倾人国”。一个真正懂得笑的女人，总能轻松穿过人生的风雨，迎来绚烂的彩虹。无论多么强悍的男人，都招架不住女人倾城一笑。发自内心的笑，毫不做作的笑，足以让男人的心像春天的花园，阳光明媚、春意盎然。

我在前边说过，女人的微笑有时像迷药，是因为男人本身就十分喜欢这种微笑。我们陕西人都知道《烽火戏诸侯》的故事，竟然有人为了博得女人一笑，花了那么大的代价，做了那么大的场面，女人倒是笑了，国却没了。君王尚且如此，在平常生活中，男人更是无法抗拒这种微笑。

古人曰：知止常止，终身不耻。作为男人，应该明白：凡事都得有个度。不是所有的微笑之花都是对你而开的，也不是所有的微笑都该你受用的。适合你的，属于你的微笑，就是你的福报；不是你的，纵然倾国倾城，对你而言，就是一副断肠毒药。

其实，说女人的微笑，就是一服内含迷药的毒药，可能有点过。但是，如果没有定力的话，想“醒掌天下权，醉卧美人侧”，于绝大多数的男人而言，的确会是断肠药。喜欢归喜欢，痴迷归痴迷，还得理性。

我在此奉劝男同胞：与女人相交，守住本分，待之以诚，敬之以礼，爱之以度，懂得欣赏，保持距离，你会收获一份温暖。

你是我的故事

3月25日，我在我空间里发了一篇文章，叫《爱情不是方程式》，看的人很多，议的人很多，点赞的人也很多。其中一位网友留言说“我一直以为山是水的故事，云是风的故事，你是我的故事，可是却不知道，我是不是你的故事”。引起了众粉丝的猜疑，一是议论这则留言很有意思，二是猜测这位网友是男是女，还有个性格直率者，将电话打过来，慷慨激昂，就观点争辩不休。

我说，此留言者，是一位教育达人，我市知名校长，是个男的，是个爷们，竟然没人信，硬说辛校长是个女人，还是个有故事的女同志。由此，我就在思考了，真话没人信，是不是假话就有人信了？一个“山是水的故事，云是风的故事，你是我的故事”引发了一堆故事，所以，今天我也就说说故事了，但愿说者无心，听者不要对号入座，弄不好就是事故了！

现实中，谈感情论创业离不开故事。

每一个人都希望自己有一个完美的令人羡慕的故事。希望自己在故事中扮演重要的角色，不是高富帅，就是高大上，令人侧目，令人仰视，令人感慨。也希望故事中的人，都是自己心仪的期盼，能和自己对眼、走心、和谐共振。希望爱情中的自己，就是翻版的牛郎和张生，更希望那个女孩子，不是织女就是崔莺莺。想归想，现实归现实，虽然也有苦难的辛酸的故事出现，但是也绝对有真情感真婚姻的出现，使人在唏嘘之余还充满希冀。

是啊，这样的故事，不能不叫故事，也可以说在这个故事里，你和我互为故事。可能，在这一瞬间，或者这一时段，你的确对我构成吸引，也可能构成故事，你也可能全身心地投入进去，经营着所谓的故事。但是，作为我而言，考虑更多的是，过分在意这些故事，潜意识或者有意地打造这些故事，会不会玩火啊，跌在故事里出不来，会不会成为事故？

很多人希望自己有故事，特别是男人们，更是如此。每一个男人的梦想都会是“醉卧美人侧，醒掌天下权”，不像女人，爱得深沉，爱得纯粹。这也许是雄性动物的天性吧，今天就不谈这个，毕竟我也是个男的，不能让男同胞们说我是叛徒吧！

今年春节晚会有个节目，讲的是女神和女汉子，在捧腹之余，我在想，又有谁能区分女神和女汉子呢，也许在梦里，希望看到的是女神，但那太缥缈，不接地气。在生活中还是需要身边的女汉子多，不讲究，爱咋的就咋的，不考虑后果。现在可能找不到贞节牌坊悬挂的地方，可能更找不到关云长和柳下惠，那么，纷纷扰扰的故事就会层出不穷，我们不能阻挠你去丰富你的故事，我们只希望你在兴奋之余，少出事故，或者不出事故。

女人的幸福十年

写下这个题目，相信绝大多数人看了会惊讶，特别是女性朋友会发问：人生的幸福怎么能用年来计算？你怎么会认为女人的幸福只有十年？不要急，且听我慢慢道来。

先说说三十岁前的女人，她们总在思考这样的一个问题：自己要不要嫁？女孩子是喜欢在梦中生活的人，特别是过了纯情年代，进入功利社会，每个女孩子很早就给自己画了一幅美丽的愿景，在愿景中设想着自己越来越漂亮，生活的路越走越宽畅，白马王子是天下最帅气、最懂情、最会体贴人的人。他几乎集中了所有青春男子的优点，走下凡尘，来到自己跟前，浪漫求婚，然后执己之手，走进婚姻的殿堂，偕老终生。然而，现实中的自己只是凡俗之女，介绍的或追求自己的个个是凡人蠢夫，梦中的愿景被现实击得粉碎，于是在选择、等待、徘徊中虚度青春，终于抵不过社会和家人的重压，在反反复复地权衡中狠下一条心：嫁了吧！不知道出嫁的那一天，真正哭的是难舍的双亲，还是自己。在自己的哭泣中，在朋友的欢笑中，在婆家迎亲队伍的炮仗声中，完成了华丽转身，实现了角色转变。你说说，三十岁前的女人的幸福指数，以甚来计？

再看看四十以后的女人，她们又为另一个问题困惑不已：自己该不该离了？人说四十不惑，这话太对了。人活到四十才算活明白了，知道了自己应该知道的事情，不再虚幻，变得现实。在更年期到来之前，能清醒地看透人世浮华，看清社会嘴脸。看别人，想自己，特别是一番付出之后，看到潇洒的丈夫不愿回家，看到青春期叛逆的孩子难以管束，听着老迈的公婆无休无止地絮叨，对镜梳妆时，看到越来越黄的脸，开始认真地思考自己的婚姻和家庭，是重新追求幸福，还是死守自己的一亩三分地？离与不离就成了萦绕于心的梦魇，在举棋不定中烦躁，在烦躁中憔悴。不甘心的女人在挣扎，没本事的女人在煎熬。别人是无法体味自家的苦痛，就好像他人无法体会脚趾在鞋中的感受一样。一家一本经，家家各不同。没有参考系，更没有妙药与真经。你算算：四十后的女人会幸福几何？

如此看来，只有三十至四十之间的这段时光，才是女人最幸福的时光。自己的容貌不衰，丈夫的温情不减，孩子的小鸟依人，家庭何其温暖。走入社会，进入职场，光鲜的外表，睿智的谈吐，健康的思维，迷人的微笑，亲和着别人，快乐着自己。少妇之美是少女无法追比的，少妇的韵味就在于褪了青涩之后，在成熟的氛围中尽情挥洒，显山露水。事业进入高峰，情感保值保鲜，到处是春光，到处是风景，此情更甚！此乐何极！

我不是女人。站在一个男人的角度，用审慎的眼光看女人，总会感到女人有这十年的幸福时光。其实做一个幸福的女人，很难也很容易，聪颖地用情待人，真诚地用心做事，不做唐僧，也不做白骨精，你也许会延长快乐，做一个一生都会安乐幸福的人。

爱有时是一种欣赏

我这辈子最遗憾的事有两件：一是没上过大学，二是没谈过恋爱。没上过大学，就没能在大学的氛围中熏陶，让自己儒雅风流，在社会这所大学里，没了禁锢，没了规范，反而如鱼得水，自在自如；没谈过一场轰轰烈烈的恋爱，直接进入了婚姻，家庭基础却很是牢固，一直以来，把当一个好丈夫，当一个好父亲，当成了行动基准。

反过来，看看我身边的人，看看我曾经仰慕甚至嫉妒的人，倾听他们人前慷慨激昂，人后低迷沉沦的话语，便能看出他们的生活状况和生活滋味。相比他们，我还有一点自恋，还有一点阿Q式的精神胜利。

关于爱情，我是没有发言权的。但我知道一个人的一生不容易。一份事业，一个爱情，往往一个选择，一个决定，一个转身，就是你一生的宿命，就是你一生的幸福。假如你要爱一个人，就要学会欣赏。

青年男女甜蜜的初恋大都来自相互欣赏。一句称赞的话、一个眼神、一个微笑、一个拥抱，必将大大调动异性的荷尔蒙，让他获得存在感，感受到生活的美好，便愿意为对方赴汤蹈火，无怨无悔。

欣赏的力量是神奇的。爱情的真正魅力在于相爱的人相互欣赏。每一个人终生都期待着别人的注视与关切，喝彩和鼓掌。从别人的欣赏中，比较容易重新认识自我，得到对自我的肯定，获得自信的力量。

在某一个时间，在某一个场合，你遇到了某一个人，你欣赏到其某一点。某人的这个闪光点就会放大，其的魅力就会发散。你就会对其产生好感，你就想陪着其走下去，看其做事的样子，听其说话的语气，甚至闻闻其身上的味道，感受其的存在，都是一件很幸福的事。

其实，地老天荒的爱情是不存在的，王子公主式的童话故事是虚构的。要爱得完美无缺，是很难的。更多的时候，爱是一种承诺，一种相守。倘若遇人不淑，遇到一个处世冷漠，不注意对方感受，更不懂欣赏的人，要和他生活一辈子，将是多么乏味的事。

走在婚姻路上的人，大多是苦行僧。修行不够，就无福消受对方奉献式的爱情；定力不够，就无法在攀附的婚姻中站稳自己的脚跟。不要太在意那些虚幻的东西。踏踏实实生活，明明白白待人。学会欣赏，用一种平常心态去欣赏一个人，就像欣赏一幅画一样，你会很快乐，也会很坦然。

女人需要糊涂

一大早，打开网络，就有一个很好的朋友上来说话，问安之后，就说自己这一段时间，忙得糊里糊涂的，都不知日子是怎么打发的！

我说：你们女人还是忙点好，还是糊涂点好，这说明你很幸福！

她说：糊涂怎么就幸福了？

我说：女人的糊涂本就是幸福。因为你要有糊涂的条件和本钱。

她说：我看你很清醒，难道你不幸福？

我说 ：我是很清醒，那是在沧桑之后的清醒。清醒在现实状况下不是一件很好的事，更谈不上幸福。

我的朋友哑然，但深以为是！

我相信，大多数女人是不会走向极致的，因为她们做天使没翅膀，做魔鬼太善良。而极致的女人要么是天使，要么是魔鬼。现在的社会给了女人很多机会，也给了她们证明自己的平台。在职场，在家庭，都是呼风唤雨的人。实践证明，女人一旦认真起来，很多男人就得俯首称臣。倘若没有她们，这个社会就会失去很多色彩。但是太强势的女人，幸福指数不会太高。毕竟男权思想的流毒还未彻底消除。

我经常给身边的女同事、女朋友讲，在家庭，在社会上不要太强势，不要太在意什么，要学会收放自如，要学会生活。没有谁会喜欢处处添堵的女人，更没有男人喜欢偏执霸道的女人。适当地做点让步，没有什么不好；适当地糊涂一下，可能会为自己带来意想不到的感动。

糊涂是一种智慧，适时地糊涂一下，给别人机会，也是给自己机会。调整心态，糊涂未必不是件好事。女人是水，应该是柔的，以柔克刚，本来是征服男人最好的办法。使点性子，可能会为生活添点波澜；喋喋不休会吓跑想要走近你的人。郑板桥说“难得糊涂”，这也是女人的幸福秘籍。学会糊涂，学会示弱，将头靠在男人坚实的肩膀上，绝对是一件很美好的事。

给幸福晒晒太阳

这一段时间，我学会了使用电脑，并在电脑上开通了空间。将自己半生的感悟写出来，与人分享，不承想竟引来了众多粉丝的围观。他们每天关注我更新的文章，认为是一道精神大餐。这给了我莫大的鼓励，使我在文学的路上，愈行愈远。一年下来，仔细算算，竟有十几万字的积累。

当然，在这个愈来愈大的圈子里，有很多值得我学习的青年才俊，他们完全可以当我的老师。还有许多生活很幸福的人，在交流的时候，她们满脸满心洋溢着幸福，足以感染我。也有一部分人，慨叹过去多么幸福，现在怎么也感觉不到幸福了，满脸疑惑地询问我。我说：再好的幸福，也得隔段时间晒晒太阳，消消毒，补充点能量，才能重新感知吧！

实际上，幸福是一个抽象的概念 ，贵在感知。我曾看到这样的一幕：有一天，我乘车去办事，车子经过一个废品收购站时，我看到一个很老很难看的妇人，手里端了一个类似脸盆一样的“大碗”，招来正在劳作且完全看不清眉眼的丈夫，将碗递到他的手上。我根本看不清碗里的内容，只是看到黑乎乎、稠囊囊的一碗。丈夫将手在身上擦擦，就狼吞虎咽地吃将起来，好像端在手上、吃在嘴里的就是世界上最好的美味佳肴。能看得见他的眼里，流露出知足后的幸福，而那个老妇人，看着自己丈夫的吃相，老脸乐开了花儿，相信此刻的他们，就是世界上最幸福的人。

可是我们周围总有这样一些人，在我们的眼里，他们是多么合适的一对，他们的小日子是多么令人羡慕并期待的那种生活。走进他们，才知道他们有太多的无奈和委屈。静静地倾听他们的诉说，才知道他们是表面光鲜而内心难过的那种。他们说，曾几何时，他们幸福得不得了，现如今，却感觉不到幸福的存在。高贵的衣物绝对掩饰不了内心的贫瘠。

我说，幸福在感知、在回味。向好处想，就幸福；向坏处想，就烦恼。这绝非禅语，是我几十年来的感悟。

你想，人的一生，经历的事太多，不会件件都能达成心愿。总有一些人和事在烦扰着我们。但是，总还有一些值得我们高兴的事吧，我们在不如意的时候，就想想这些，心里就有了阳光，就有了生活的勇气和希望。如果总是沉迷于那些不痛快的人和事，注定你不会是一个幸福的人。

再说，幸福还是要靠创造、修葺、磨合、完善的。如果你过去很幸福，现在感觉不幸福了，那一定你光在乎别人的给予，而不愿意自己去付出，去经营。如果你的妻子是杨玉环，你长期面对这个胖美人，有一天也会有审美疲劳的，可能还会想象赵飞燕的骨感和婀娜了。作为妻子，不要总将自己定位成天下无敌，还得适时地变换变换，让他得黏着你，和你一起去上厅堂、下厨房，到人海中闯荡。还得拉着丈夫一起多晒太阳，给他的那些不该有的“思想”消消毒，永葆爱情的纯粹性。

幸福是需要共振的。需要相互的理解、信任、支持和扶助。需要共同的付出，绝非单方面纯个人行为。想自己能想的事，干自己能干的事，耕自己的一亩三分地，睡自己的三尺热炕头，这就是幸福。一切不幸福的根源，就是人的欲望。我们

不能消灭欲望，但是得明白，人为地、过高地设置愿景，你会
一直生活在不满里。

老婆眼中无英雄

多少次听老婆说：大家都说你能干得很，我怎么就没看出来。是啊！这的确是一个问题，令人百思不得其解。后来偶尔在看电视时听到这样一句话：“老婆眼中无英雄！”顿感释然。

细想起来，还真是这样。《亮剑》中的李云龙，《激情燃烧的岁月》中的石光荣，在全国人民的心中，绝对称得上是顶天立地、个性鲜明的大豪杰、大英雄，然而在他们的老婆眼中，却是有着满身臭毛病的浑人，是长期被她们声讨的人。

一个男人在社会上最爱表现出豪强的一面，为了事业，为了成功，往往表现出超越常人的信心和勇气，也会因此扬名立万，闯下一份基业。但是千万不要将这些光环带入家庭，试想哪一个光环的背后没有亲人的付出，在这个远离封建思想的现代社会，在家庭讲和谐，讲平等，没有什么红花和绿叶之分，如果你要在家庭中逞英雄，当红花，必将在家中无立锥之地。

现在的好男人多，大英雄少。各种场合，各色舞台，上演的都是好男人的故事。其实，一个人的本事是有限的，在家中好了，在社会上就鲜有作为。真正能做到将二者兼容的人是凤毛麟角。既是好男人，又是大英雄，要么是非人，要么是极品，绝非一般人所能及的。

人的需求是不一样的。作为一个妻子，就是需要一个肩膀，一个港湾，而不需要太多的出人头地，太多的舞台，守住自己的一亩三分地，享受自己的阳光雨露，就是这个世界最最幸福的人。

当然也有这么一种女人，总是爱拿自己的丈夫和别的男人比，特别是和成功男人比，总是在埋怨自己的丈夫窝囊，没有本事，没有作为。其实恰恰是这种男人才是最疼自己的人，只是自己身在福中不知福罢了。目前社会上流行着这样一句话“男人有钱就学坏，女人学坏就有钱”，虽然有点绝对化，但它至少反映了这个充满诱惑的社会，人的价值观已有所偏离。大家普遍认为有钱、有权的男人是英雄，是成功人士，但这样的男人有几个能有柳下惠、关云长的定力？能有好男人的责任与担当？

做一个好妻子要知足，做一个大丈夫要明确肩上的责任，用宽广的胸怀、健康的思维，做小事，做善事，相扶相守，相濡以沫，过平凡的日子，白首偕老，将是最最幸福的人，你说呢？

糟糠妻子早下堂

中国有句古语：“糟糠妻子不下堂。”规范了中国妇女几千年，也禁锢了中国妇女几千年。当然，在男权社会，也成了男人凌驾于女人之上的法宝。

可是，现在好像变了，女人在家的地位与日俱增，在很多地方，很多场合，显示了其强势的一面。男人听女人的话，这种现象，已被普遍认知。有时，我就在想，是社会真的进步了，还是一种假象，甚或是回光返照？妇女地位的上升，是一件很革命的事情，符合平等关系，是应该提倡的。

我不明白的是，有些妇女却将经念反了，好像女人一下子变得无所不能，在社会上高歌猛进，在家颐指气使，还要人们去尊重，去爱她！这真的有点不着调啊！

女人的可爱，绝不是因被爱才可爱。男人爱女人，这好像是天经地义的事。女人在享受爱的同时，必须要保持高度清醒。保持自己的个性和色彩，保鲜自己的个性和色彩，才是让别人长久关注自己，喜欢自己的不二法门。

女人的可爱，是因为有情调，有味道。不能过于贪婪，尽管大多女人对物质的追求很在意，爱虚荣，爱攀比。但是，这绝不是构成可爱的要素。你的华彩，你的风情，是经不起时间消耗的。在被人需要的眼光中，在市场化的潜网中，发烧，或者发晕，就是考量寻常女人定力的要素。真正的女人，可爱的女人，从不在乎别人的评价，只在乎自身的修养，将自己修炼成一个可爱的人，会让世界为自己旋转。

我庆幸社会的进步，使女人不但下得了厨房，还上得了厅堂。在社会上，女人越来越光鲜，也越来越重要。感谢女人，给这个世界带来了色彩；感谢女人，给这个世界带来的幸福。

随着女人社会地位的攀升，角色转化，女权化的时代是否会提前到来？很多女人在做这个猜测，甚至有这个梦想。但我要说的是，这是绝不可能的事情。男人爱女人，就是因为女人的可爱。当有那么一天，女人不可爱了，那男人就会受不了，就会撤退的。离开了男人的女人，就好像没有了学生的先生，还靠什么来扛鼎未来！

我希望糠糟妻子早下堂，更希望下堂后的女人，还是可爱的女人。不知女同胞们，能否认同？

孤独不孤单

我有一个很好的朋友，人很年轻、很美、很有思想。在多次的交流中，我总是在感慨：这么年轻的小屁孩，怎么会有那么多经典之语？令人在忍俊不禁之后，还有所收益。

她说放假时光，自己最幸福的事就是：一个人，前一天晚上，将家里打扫干净，早上慵懒地起床，看看自己的成果，然后收拾一番，一个人坐车到西安，在那些大型的商场一转就是大半天，累了就到万达影院去看场电影，这是自己最惬意的生活。

我就在想，一个人转有什么意思啊？连个说话的人都没有！可她说：她就是喜欢这种孤独而不孤单的生活。

我知道，有人很希望自己过安静的生活，一个人打发日子，不希望也不需要别人来干扰。而真正享受孤独的人，一般都是人中的精品。

没有人是天生就喜欢孤独的。一般是在经历了许多人和事之后，才变得如此。社会是纷乱的，人世是复杂的，只有具备慧眼和慧心的人、曾经沧海的人、大彻大悟的人，才有资格说：自己喜欢孤独！

我的朋友小小的年纪，能有这样一份心境，真是不易。但是她说得好，自己喜欢享受心灵孤独，但不喜欢孤单，那么最好的办法，就是前文所讲的那样，在大商场里混迹，有人陪着走路，但不需要和人应酬说话。让眼睛忙，让心闲！

其实这也是一种境界。这不是一般女人能办到的事。女人嘛，最喜欢的就是呼朋引伴，最得意的就是彼此欣赏。

我欣赏这种简洁的生活方式，一个人，在自娱自乐中，很有情调地活着。不麻烦人，不干扰人，自己就是生活的全部，让流动的凡尘俗事，让市井中的男男女女，都是自己身边的流云，可以点缀，却不喧宾夺主。

呵呵，心灵可孤独，行迹不孤单，大隐的生活情趣，真的很不错哟！

倾　诉

最近有一位朋友，遇到了一件烦心事，整天心幕灰蒙蒙的，怎么也打不开那一片艳阳晴空。于是，我就作为一个普普通通的朋友，在她的面前扮演了一个真诚的听众，让她将事情的原委、经过，芝麻、栗子、枣，满箩满筐地倒出来，一段时间的调适之后，她又恢复了之前光艳照人的神采。

基于此，我竟认为：倾诉是一服不可或缺的良药，能缓释、减压，更能医治心中的部分伤痛。

过去的我可从不这样认为。严重的关中大男子主义作祟，认定事情丁就是丁，卯就是卯，直来直去，不扭捏作态。少年轻狂也好，少不更事也罢，总之，在“白氏字典”里就没有“倾诉”这个词。

后来，我病了，有了许多切肤之痛。很多病痛自己知道，不愿说出去，不愿讲出来，不愿给家人及朋友添烦添堵。长此以往，药没少吃，针没少打，由于心态之故，病情非轻反重，2007年的那个春天，几乎是和死神擦肩而过。

现在的我，心态阳光，规矩生活，规范起居。心中有不快，心中有喜悦，都说出来，与人共担，同人分享。特别是在我的一个同类病种的病友灵堂前，大谈自愈之道，令闻听者咂舌，不得不佩服我的高论。倾诉是一个人的常态行为，没有什么见不得人的地方。将心中的不快，将心中的愤懑发泄出来，就是要轻装上阵，就是在振奋前行。

不但自己要知道倾诉的种种好处，更重要的是还要学会转化角色，做一个忠诚听众，与倾诉人心无距离地同悲共悦，与倾诉人成为真诚相见的朋友。

听人倾诉，贵在听而不在说，更不在劝。你要合理适度地扮演好你的角色，给倾诉人以倾诉的欲望，给倾诉人以倾诉的信心，给倾诉人以痛心彻骨、声泪俱下的氛围。切不可先入为主，不是倾听，而是开导。开导有开导的时候，在他人能听进去的时候，适时适度地予以引导，会起到事半功倍之效。

不管是谁，都会有纠结的时候，都会有过不去的坎。那么，什么是朋友，什么是知己，在这个时候就应该挺身而出，牺牲自己的时间，赔上自己的情感，认真地真诚地倾听朋友的唠叨，承受朋友的发泄，然后在雨过天晴之后，重新一起，搂肩搭背，在路上行走，在生活中浮沉。

不管是倾诉之人，还是倾听之人，都必须善良，有耐心。不是每一个人在受了委屈之后，都能有倾听的对象；也不是每一个倾听之人，都有福分去分解、分享他人的苦与乐。这是一种缘分，就如夫妻一样，是造化所得，看完这篇文章的你，相信吗？

翅膀·肩膀

猛地看到这样一个题目，相信很多人会丈二的和尚——摸不着头脑。翅膀和肩膀是不同内涵的两个概念，因何又会连在一起？不要急，且听我慢慢道来。

翅膀者，飞翔之翼也，是追风和找寻的利器。一个拥有翅膀的人，毕竟是人间精灵，是天使。有一年春晚，容祖儿插上双翼，如天使般自空而下，以天籁之声唱响《挥着翅膀的女孩》，引发雷鸣般的掌声，瞬时“挥着翅膀的女孩”，便成了万千男孩心仪的对象。多少个青春的梦境，自己想象中的公主会像小鸟一样，挥动着翅膀，来到自己的身旁，栖息在自己的梧桐树下，收翼入怀，安然踏进幸福之境。于是我想一个女孩子将自己的一生交付给男士时，就等于将一双飞翔的翅膀同时交给了心上人。如果说翼动飞旋是寻美追爱的缤纷落英，那收翅入怀就是如佛家皈依的万种虔诚。

一个女孩子的一生交付就是收翼皈依的过程。有一个坚强的肩膀做依靠，有一个用爱心铸就的长城围起爱巢，在梦想和现实中实现无缝对接，是一个女孩子从出生到出嫁最好的夙愿。收翅后的天使会化为纯情真爱的灰姑娘，依偎在自己男人的肩膀上，专心度过一生，无复他想。那么，她所依靠的肩膀，不但要靠得住，而且还要时时催生出春风雨露，不断地提供其生长、成熟、幸福的土壤，营造浪漫的气候，不断地激起生活的浪花朵朵，在同耕共耘之中，走向幸福的明天。

一个女孩子的收翅皈依是需要勇气的，是决绝的，有如赴死的壮士。要打掉桎梏，要冲破世俗，才能完成灰姑娘的华丽转身，走入幸福殿堂。当然不是所有的天使都长着一双慧眼，也不是每一个女孩子都会找寻到人生真爱。也会有将翅膀挂错的时候，当迷离的情话变成现实中的恶语相向时，当高悬的翅膀被风吹干的时候，离家的女孩只能拖着疲惫的双腿，走向他处。

男人和女人在追爱的过程中有着截然不同的态度和价值观。男人天生就是占有欲极强的动物，追爱的过程就是猎艳占有的过程，说文明些是拥有的过程。而女孩子则不然，一旦目标认定，便情坚意笃，会不顾一切地跳入爱河，以翅当桨，划向生活，划向幸福。既然将人都交付了，也就一心一意地过日子，丝毫没有挥翅离开的杂念，将自己的翅膀挂在男人的肩膀上，像风铃一样，自己还聆听那曼妙的声响。

我还是希望天使不要忘其本身，还是要不断磨砺自己的双翼，不飞离不代表不飞翔。好多女孩子嫁人了，就好像船到码头车到站，就放弃自我，居家相夫教子，忘记了自身的进取，自我的壮大，也就失去了在人海、在社会搏击的本领。相信肩膀，不迷恋肩膀，只有在相靠、相扶、相助中，才会相依相偎，相伴终生。

爱的距离

人老了，就是爱做梦，就是爱回忆，就是爱思考，经常会想一些不靠谱、不着调的事。有意思的是，有时候自己想得热泪涟涟，情难自抑，而别人却像看一个怪物，一副不解的样子。

其实，怪也不怪，人是不可能走进别人心里的。即使是相爱的两个人，尽管信誓旦旦，不离不弃。了解了，融合了，相濡以沫了，也未必就没有一点心里空间留给自己，在这一个快节奏的时代，能坐下来倾听可是件极奢侈的事。

爱的距离，到底应该有多远，恐怕没有一个人会有一个准确的答案吧！古往今来，那么多的情感大师，也未必就能算出这段距离。前些时间，我看到好朋友，同时也是良师益友——孔明先生的一篇文章，叫《爱情的寿命》，他说："爱情可能汹涌澎湃，也可能浪花喷溅；可能如炉之火，也可能如灯之焰，总之，都不能持久。结论只能是：爱情基本上寿命很短，当然也不排除有例外。"对于他的结论，我基本是信服的，因为他说了实话，没有虚幻。

不管东方的梁山伯、祝英台，还是西方的罗密欧、朱丽叶，没有一个的爱情是长命的。就连最感人的那个《廊桥遗梦》里，两个爱得死去活来人，也不过坚持了四天而已。所以，作为一个凡夫俗子，是不是应该现实一点去思考，你身边的简单幸福在哪里？爱的距离有多远？

我以为，最实在的距离是手能够着。也许有人说，我的思想狭隘，但是谁又叫咱是凡人呢！凡人就应该有凡人的思想和心态，更应该有凡人的自知考量。一个一屋子不扫而扫天下的人，一个整天做着黄粱美梦的人，或者一个饮鸩止渴的人，何谈爱情？

现实生活中没有王宝钏，更没有十八年的苦苦坚守。用自己近二十年的青春，换来的还是对方的多番考验，虽然结局还行，又有谁知道她心中的苦涩呢。一个人追求风花雪月的浪漫爱情本身是好的，但不要太理想化，上得了厨房，下得了厅堂不是没有，平凡人家的碧玉也许更值得珍惜。她会欣赏你，支持你，照顾你，踏踏实实地站在你身后，给你简单实在的幸福。多好呀！

大凡疾风骤雨的爱情，或波澜壮阔的爱情，都是不长久的，是做给人看的。你的层次低，修为浅，就会东施效颦，让自己的生活一地鸡毛。若任单相思情感泛滥，只能把自己推向死胡同，若把红颜知己扶正，面对的烦恼会挥之不去。如果，有人问我：先生，你说爱的距离有多远？我就会务实地说：两只手能拉到的长度！

这个距离，眼看得到，耳听得到，手够得到，这样的幸福才来得真实。就让我们这些小人物尽情享有平淡、踏实的幸福，不好高骛远，不吹毛求疵。

爱到深处人孤独

昨天写了一篇文章，里边涉及了在老家的童年生活，引起了无数人的共鸣，在空间里评论的有，和我面对面交流的人有，我就静下心来想了，为什么现在的人对过去的生活点滴那么在意？是不是现实生活太压抑，需要找个窗口宣泄？过去那些苦涩且充满情趣的生活，包括其中的人和事、经历和情感可以慰藉疲惫的心。

昨天下午，一位老教师来到我的房子，将我最近的诗歌抄在本子上，向我请教。我看到他工整的笔迹，知道他是用了心的，而且很是喜爱我的诗歌。而我知道，我的诗歌是登不上大雅之堂的，纯属于自娱自乐，没有技巧，更没有境界，说实话，自认为和我的散文随笔是没有可比性的。

我有一首诗歌《爱无言》“赶走白天的时光/用荧光点亮心灯/影影绰绰　摇摇曳曳/酝酿一个专属的梦/在史前的洪荒/诺亚方舟隐蔽前进/后羿的箭术精准/日月同在　明辉一片”。老同志是无论如何也理解不了的，他问我怎么想的，我只能哑然一笑。

诗歌是很小众的。也就是说，它的受众对象很小，很窄狭。一般的诗歌，只要不是口水歌，是不会被更多人理解的，所以长期以来，人们认为诗人很“神经”，写出来的东西一般正常人不会懂。实际这句话有错误，有局限，只能说有共同情感经历的人，会共鸣某首诗歌，仅此而已。

我经常对人说，春节的时候，你听到《常回家看看》会心潮澎湃；国庆的时候，你听到《红旗飘飘》会热血沸腾；春风得意的时候，你会喜欢听《春风得意马蹄疾》；失恋失意的时候，你会唱《走过咖啡屋》。人会根据当时的情景和心态，来选择应情应景的诗和歌的。

所谓《爱无言》，就是心中有爱，有期盼，有美好的东西，但不能说出来，如果说出来了，就不一定美好了。世界上最美的语言，也无法达到“此时无声胜有声”的境界。一首好诗，是需要共振的，只能是给能看懂的人看。

而故乡的事，儿时的事，你写出来，往往会泛众、共鸣，这是因为有这样情感经历的人太多。人年长几岁，就爱像老人一样，回忆过去的人和事。在回忆的过程中，在唏嘘的感叹中，在说与不说中，将美好的影像定格脑海，将美好的情感沉淀心中。

就如真正爱一个人一样，其他人根本无法走进你的心中，哪怕周围繁花似锦，哪怕前途阳光灿烂，爱到深处人孤独。

爱情不是方程式

我是一辈子没轰轰烈烈谈过恋爱的人，也就是说没有品尝过爱情的滋味。

小时候，家居深山，生活条件太苦，生活质量几乎为零。在那样的环境中生长，就没有资格去奢求除过物质之外的其他东西。长大后，在山外求学，知道了山里山外的差距，知道了外面世界的精彩，及自身条件的无奈，在当婚适婚的年纪，要改变自己，要逃离深山，只有一条路可走，就是去山外找一个人家入赘，当人家的上门女婿。

上门女婿的婚姻，需求大于追求，没有你选择的余地。大多招赘的家庭都是女孩子多，没有儿子，在村里或者在家族里没有地位，属于弱势群体，急需有个男人来支撑门面。而作为男人，不是迫不得已，是不会走入赘之路的。没有情感可言，没有条件可谈，最终均以女方的条件达成协议，完全的不均衡、不对等。对于后边的走向，男人根本无法预知，要适应岳父岳母的考验，要承受家族的欺凌，要担起一家的重任。好了，就是命大，否则，就是命背。

我就是这样解决婚姻的。还好，命不算太背，妻子长相不错，人品还行，家里所有人对我很好，同时，出于穷则思变的思想，我和妻子努力地改善自身的经济状况，改善家庭在村里的地位。可以说，目前已达到衣食无忧的程度了，被村里完全接受了。我在这二十多年的婚姻生活里，没有尝到爱情，倒是享受到了浓浓的亲情。

我在很多文章中说过，爱情是给有条件的人准备的，卑微的人，无经济基础的人 ，谈这个有点奢侈。最近热播的《平凡的世界》，你不能不承认，孙少安和田润叶，孙少平和田晓霞是有感情的，但结果呢？都很短命！为什么说爱与情是一个像物又像魂的物势造像，就是光有魂还不行，还得有物。一切不尊重规则的东西，成功的概率很小，爱情也是一样。

爱情不是方程式。不需要预设未知数，也没有一个求证的公式。

我是个数学学得不太好的人，我真的不知道对于爱情，应该用等差数列，还是用排列组合，是用等式还是不等式。我感觉，情感是一种喜欢加认知，是期待加需要。喜欢一个人，是你自己的事，如果别人同时喜欢你，那你就有戏，如果修成正果，就功德圆满，你就收获了情感。如果不是这样，就是一种功利性的需要和掠夺，或者叫单相思。你可以通过各种阳谋和阴谋，使用各种手段，最后达成了聚合，我不知道这是不是爱情，但我知道至少破坏了美感。

现在的人，吃饱了饭，就开始有了花花肠子，就开始想一些精神层面的事情，这的确是一大进步。爱情，就是目前叫得最响的一个词汇。我们知道，爱情是男女间基于一定的社会基础和共同的生活理想，在各自内心形成的倾慕，渴求发展亲密关系，并渴望对方成为自己终身伴侣的一种纯真的感情。我没谈过恋爱，不知道爱情为何物，滋味怎么样。但是，我认为，爱情就是两个人的事情，对眼儿，用心了，合辙押韵了，才能写出唯美诗章。能让诗篇永久传唱，尚需理解、信任和责任来支撑。

这算作一家之言吧，你若有话说，就仁者见仁、智者见智吧！

爱情就像橡皮筋

有一次，一个很好的朋友，婚姻出了状况，一度情绪很低落，感觉天塌了地陷了，日子没办法过了。他在我面前诉苦，对爱情这个词眼儿，是彻底否定！我没办法说什么，我不是爱情专家，也不能说出使他振奋的话，只是觉得，爱情就是一根橡皮筋，玩的人要把握好力度而已。

橡皮筋静静地放置在那，不是一个圈，就是两条并行的线，很内敛，很温顺。被正在长大、青涩而富有朝气的邻家小妹拿在手中时，就是一个玩具，能玩出花样儿，但玩不出火花。

橡皮筋是两个人玩的东西。一个人拿住这头，一个人撕扯那头，就会变幻出无穷的花样来。思春的男女，将橡皮筋视为最好的玩物，也将它视为最好的游戏。在合适的时间，在合适的地点，与合适的人，撕扯属于自己的橡皮筋，乐此不疲！

我发现，生活中的爱恨情仇，多和橡皮筋有关。你想想看，当两个人好的时候，和谐美满，只要力度适中，就是一条普通的橡皮筋，也能玩出万千花色，玩出无限旖旎来。无论将它拉成一条线，还是变换成一个圆，都充满了爱的甜蜜。

当两个人有了隔阂，有了怨恨的时候，橡皮筋就受罪了。不规律地撕，无限度地扯，不会顾及是否伤及皮毛，恨不能死死勒紧对方。当两个人控制不了情绪，控制不了力度，这个曾经带来快乐幸福的橡皮筋，就会被扯断！

如果两个人认为缘分尽了，理智地放手，也许橡皮筋还能有自己的一丝生机，还能有一个完整的尸体，还能保留最后的尊严。

人是感性动物，理智的很少。对于美好的东西，往往不愿意舍弃，死命地守护，最后被伤得体无完肤。放弃的一方，往往会得到解脱。你想想看，玩橡皮筋的人知道，放手的橡皮筋，会将惯性的力，反加于守方的身上，拉住橡皮筋的手臂，会被击打成伤。

当你爱的人离开你的时候，总会有离开的理由。爱情是守不住的阵地，这个道理，聪明的人，应该会懂。说句有人不太爱听的话，适时地放手，自己就不致受伤太重，何尝不是明智的选择。

有情饮水饱

今天和一个朋友交流一些热点的话题，像什么爱情与婚姻啦！朋友有许多很真挚的见解，特别是一句“有情饮水饱”，尤震撼于耳鼓。

说实在的，这句话我还是第一次听说，所以就对其内涵不由得不深层次地思考，就像鲁迅先生说的，恨不得立即“压出皮袍下的‘小’来”！

我知道，“天下有情人终成眷属”，是理想状态下的爱情晋升到婚姻之路。但是，又有几个人能做到这一点。关于婚姻的论述有这么几点：一是和你爱的人结婚，二是和爱你的人结婚，三是相爱的两个人结婚，四是和你不爱的人结婚。

傻子都知道，最理想的状态是第三个，最不好的结果是第四个。实际上，做不到第三点，做到第二点也行，第一种状态伤人，第四种状态郁闷。

到底婚姻是不是爱情的坟墓，这是个说不清的话题。相信不同婚姻状态的人会有不同的感受。但有一点是明确的，有爱的婚姻是美好的，也是人们憧憬和希冀的。

现在社会上出现婚外情，这是婚姻不幸福的衍生物。如果爱情美满，婚姻幸福，根本就不会出现那些小三小四。虽然男人喜欢见异思迁，毕竟还有道德约束。

我欣赏有情人。在情人的眼里，对方放个屁都是香的，所以在情感的路上，是最会出错的。在爱情的进程中，什么才华和财产，什么人品与地位，什么出息与出身，都是浮云。

我看《平凡的世界》，感觉田晓霞和孙少平的爱情就是这种例证典型。在田晓霞的眼里，孙少平绝不是个“土疙瘩”，而是心中的金不换。在爱的目光中，一切都是阳光雨露，偶尔的雷霆，都是爱情路上的变奏曲，根本不值一提。

有爱的人，喝碗凉水都是甜的，甚至于有了“有情饮水饱”的话语，可见，精神的力量有时真的无穷大。

但是，不是所有的爱情，都能走到婚姻的殿堂，也不是所有的爱情都会有个归宿。田晓霞和孙少平的爱情，在让人震撼之余，唏嘘不已。

拥有婚姻的人，不见得就能拥有爱情，但是，你到了婚姻这个阶段，就得明白：如果，和你不爱的人结婚，说明这辈子爱情已经与你无缘了！这时，你必须明白角色转换，还是以亲人的身份生活。在婚姻里，亲情远大于爱情，在一个锅里、一铺床上生活久了，这种亲人的感念会愈来愈深，浸透到血脉里去。

有爱的人结合，无疑是人间佳话，也是羡煞多少平凡男女的事情。而平常的生活里，给爱的人一瓢水，给亲的人一壶浆，不要看着小，实际不容易，需要身心俱动才行！

等待一扇不开启的门

我今天在家里看电视，突然在音乐频道听到了一首老歌，其中有两句歌词又一次震动了我，这两句歌词是："爱上一个不回家的人，等待一扇不开启的门"。

说实在的，这首歌在过去我不知道听过多少回，歌者唱出的那种情愫，使多少有相同情感经历的人，形成了共振，和成了共鸣！在那个时代，其实不回家的人是不多的，社会也不太浮躁，更不太复杂，相比于今天，不回家的人还是很小众的，所以易形成人们对不回家人的谴责。

一个人总是期待有一扇门为自己而开，而且门里边有一个自己喜欢，也喜欢自己的人，在那里关注自己，关爱自己，扶助自己，和自己同质共振，谱写爱的乐章。这个期待，让生活充满了色彩。

听这首歌，除过我们这些过来人，有情感经历而且还相对正直的人，是会静静地欣赏的。我想一般情况下，现在的年轻人，则会很不以为然。因为，现代社会，不回家很正常，至于能不能开启一扇属于自己的门，那得看造化。

但是，等到门扉开启是一回事，能否进门又是一回事。可能有人等了一辈子，都未等到一扇为自己而开的门。有的人等到了，喜欢了，也爱了，曾经还爱得惊天地泣鬼神，曾经还是人仰慕的对象，可是时间变了，节点变了，观念变了，思想变了，人也就变了。门外的人不想回家，门里的人苦苦等待。人的一生很短，短到只能等一个人，轰轰烈烈爱一次。推错了门，等错了人，单相思，或者苦相思，就不明智了。

我坚信，唱这首歌的人，一定是心怀温暖的，他对家是有感觉的，是有情感的，家对于他就是一块大大的磁铁，是相当有吸引力的。我们之所以说，流浪和旅游不同，就是流浪的人，出去了不一定回来；而旅游的人，就像放风筝一样，家就是那根风筝线，走得再远，飞得再高，还是会回来的。家之所以叫家，不是因为一座简单的房屋，而是家里有人，有爱你的人和你爱的人。

我想社会再变，社会这个最小的集合体不应该变，家不应该变。人人安居乐业，社会才能稳定、繁荣。家里一定有你爱的人存在。爱上了一个不回家的人，赶紧调转方向，不要吊死在一棵歪脖子树上，既然是不想回家的人，你还等他（她）干什么？你还爱他（她）干什么？你这样执迷不悟，只能让自己受尽屈辱！

擦亮你的双眼，携手一个温暖的灵魂，总有一扇门为你而开。

忙忙碌碌的幸福

有时人真的很贱，在忙的时候，希望能停下来，休憩休憩。可是一旦真的到了无所事事的时候，又百无聊赖，很是乏味。

我常常听到很多人在埋怨，事太多，身不得清净，心也不得清净。说这种话的人大致有三种：一种是身忙的人，一种是心忙的人，一种是身心俱忙的人。

一般身忙的人是下苦的人。为了日子，天天不得停歇，早上要想中午的事，今天要想明天的事。这种人天生就是劳碌命，而且运气不好的话，劳碌还换不回相应的回报。

一般心忙的人是多事的人。当然这个多事有褒义的，也有贬义的，这种人一般是一屋不扫而扫天下的人。不过，心忙的人会有动力，富有创造性，往往会干出匪夷所思的事情，令你在愕然之余，还得佩服。

身心俱忙的人是担当大任的人。这种人不但有思想，还有行动，更重要的是有方法，忙而不乱，慧而不骄。有鞠躬尽瘁的精神，还有纵横捭阖的能力。我想更多的人喜欢做这样的人，但不是人人都能做到的。

实际上，在生活中，自己也不知道自己是哪种人。身忙的羡慕心忙的，心忙的在意身忙的，但是有一点是共同的，大家最羡慕的还是身心俱忙的人。

我曾经在很多场合说过，我这个人没有职业倦怠感。不是我多高尚，而是我知道人应该干点事，如果是自己想干、必须干的事，更应该倾注心血和行动。兴趣为何是最好的老师，是因为你喜欢，说明你想干。还有些事是必须干的，是因为你肩上的担承，你非干不可。

很多人经常羡慕有钱不干事的人，认为他们生活很惬意，但是却不知道他们创业时的艰辛，他们表面光鲜的背后，也有诸多不如意。

我在社会上浸淫了这么多年，我的理解是，人还是忙点好。不管是哪一种类型，起码活得不空虚，有奔头。

不管是干大事的，还是干小事的，每天都有目标，每天都有希望，每天都迈着坚实的步履，创造着实在的生活，希望在前，幸福在胸，何乐而不为呢？

别再拿内在美说事

活了半生，教了几十年学，以前总是喜欢唱赞歌，说些云里雾里不沾边的话，做些有违人天性的事，现在回忆起来，觉得很幼稚，很不成熟。

洪晃说，风流的男人喜欢斗智，聪明的男人喜欢调情，老实的男人喜欢撒娇。我认为是一针见血。男人是什么？就是两半截动物，至于上半截和下半截的功能，我不想说得很透彻。

那么，说到女人，外在美和心灵美，哪个更美？如果在女人堆里问询，十有八九是说心灵美，而在男人圈里，答案就会倒置。没有一个男人愿意将外表丑陋而心灵很美的女人娶回家，初次见面，那些外表美的女人绝对是香饽饽。

说句实话，男人的欲望是无穷的。既想要一个拥有天使般外表的女人，还想要这个女人很贤淑。这不是不可能，但这种女人是极品，是个案，是凤毛麟角，不具有代表性。只有具有相当功力，也具有大福报的人，才会享用。一般的男人是凡人，也根本就是个愿望而已。

作为女人，首先要学会打扮自己。即使天生相貌平平，涂脂抹粉稍加拾掇，也会让自己美起来。没有男人喜欢邋遢、不修边幅的女人。男人大多是感官动物，眼睛在哪，心就在哪，这是不可否认的事实。

其次是修炼自己。让女性的内心丰富，充盈，具有知性美，从而优雅而精致地生活。

一个美丽的女人，走到哪里都是风景。一个优雅的女子，从内到外透射着母性的光辉。她的美的光芒透射出来，影响人，激励人，教化人。我们敬仰有内在美的女人。

艺考生讲究双过线，那么男人和女人也一样，最好也是品貌双馨。一个有好相貌的男人，也是人见人爱。他若懂得内敛，懂得让步，懂得担当，那么他的内在修为会吸引他人，让人愿意接近，愿意精神交流！所以，无论男女，不要拿内在美说事，内外兼修方使自己魅力十足。

转　身

这一段时间，发现愈是让心沉静下来，思维愈是活跃。不知这是人之将老的征兆，还是人闲下来，沉静下来，有时间来放飞思想，便有了各种各样的思绪涌上心头。

我看到社会上的一些人，为了一个思想，为了一己欲望，争先恐后奋而向前，一副不撞南墙不回头，不达江海誓不休的架势。然而，绝大多数的人，命运不济，被撞得伤痕累累，惨不忍睹。每每这时，我就想，此路不通，何不另辟蹊径。在事业上，在生活中，适时调整方向，适时转身，说不定会有另一片天地在等着你，转身或许有新的机遇、新的辉煌等待着你。

学会转身，首先要明白是否到了非转不可的时候。人最怕不认得自己。当你的人生，当你的事业步入困境，就要冷静地思考其成因，思考这一切是怎么来的，主客观因素是如何影响的。无论是客观状况，还是主观因素，看看不利的东西应如何改变。切不可有勇而无谋，一味地走下去。有时候的坚持，必须是有分寸的，必须是正确的，否则会愈走愈错。对转身机会的把握是需要智慧的，是要用眼用心的。

学会转身，还要明确转的方向。知道转身，这是识时务、知利害的表现，但是转身，就要有正确的方向感。不能盲目地转，不能试着转。要明白先前走不动、走不通的原因所在，在重新调整方向的时候，就要趋利避害，减少不必要的麻烦。要选择好角度、方向，向自己的太阳升起的地方走，毕竟曙光在前，前程在望，哪怕有暂时的一段夜路。

学会转身，更要学会转身的技巧和方法。知道转了，并且知道应该转的方向，这还远远不够。在转的时候，还必须掌握转身的技巧。不能猛转，这会让人感觉你这人不可交，认为你是热粘猛离，功利色彩严重。也不能慢转，太慢了会丧失时机，会降低成功率。所以要转不难，难的是会转。转得好就会事半功倍，转得不好，就会事倍功半。人生就是一个技巧活，你不要认为别人很风光，其实别人是在用心生活，别人也是付出许多的。人应在平衡和技巧中周旋，在抗争和打压中奋斗。

我这个人一辈子没有太大的出息，就是不会调整，不会转身的缘故。看着不如自己的人成了主宰自己的人，看着自己的弟子青出于蓝而胜于蓝，不知是该高兴还是该悲哀。总之，半辈子的生活阅历使我顿悟，想要且行且远、风光无限，就要识时务，知大体，学会技巧，学会转身。只有这样，人生才会多点开花，多处烂漫。

生活的味道

玫瑰绣球

很难有这样一份清静，还能有这样一份雅致，和很好的朋友，在阳光灿烂的日子，在一个精舍里，要一壶香茗，对酌成仙。

走进茶秀，迎来吧台温软的问候；踏上木楼梯，古色古香的装饰进入眼帘。我惊奇主人的用心，还会有这样的心思，将这里装点成了一个绝尘、绝世的会所，走进来，就忘了一切世故，让心静下来，在茶香的温馨中，浸泡、发酵，在走出去的时候，换一个心情，也换一个活法。

一个旧唱机，带一个老旧的唱片，鼓捣出新的、优雅的音律，在空旷的茶座上穿行，绕梁而婉转，直达心湖的潜邸，激荡那阵阵涟漪。我点了玫瑰绣球。不光喜欢它的色，更在意它的香。

一个精致的茶壶，茶品团成了一个绣球状，没有茶网的隔离，就这么紧凑地团在一起，在开水的浸泡下，还不发散，这真是个奇迹！壶口的地方，撒几朵紫红色的玫瑰，开水浇下，清香四溢。

静待片刻，将茶水倒出，积在很小巧的杯子里。用手将茶杯举起，放在鼻尖，让那缕清香，沁入鼻翼，晕染至全身，顿感神清气爽，幸福莫名。

友人的雅致，远超出了我的预想。端起杯，不急于喝，闭目呼吸，享受那婉转悠长的升腾的茶香。我静静地注目，审视眼前一幅绝尘的画面，心海翻腾，犹疑这是五百年前的回光。

绕梁的音律，恰到好处地调换着内容，合着推杯换盏的节拍，曼妙着醉人的旋律。

静静地倾诉，静静地倾听，时间在不知不觉间流逝，而绣球始终没散，还是团团簇簇地，黏在一起。

我惊奇这茶的特异，更喜欢这悠悠的茗香。在浮躁的当代，能有一个人、一杯茶、一段时光，陪伴你，还能再说幸福他在、日月蹉跎吗？

心中的玫瑰，眼前的绣球，还有那人、那茶、那绕梁的音律，会珍藏进心的城堡，万世留香。

刀削面

我的妻子来自农村，虽然在县城生活了十多年，可是总也改变不了农村的部分生活习惯，不讲究穿，更不讲究吃，每次和她一起出来，想改善一下生活，可最多的还是那碗永远也吃不烦的刀削面。

刀削面，顾名思义，就是用刀削出来的面条。有诗为证：

一叶落锅一叶飘，
一叶离面又出刀。
银鱼落水翻白浪，
柳叶乘风下树梢。

初开始，和妻子一起吃刀削面的时候，真的惊诧于师傅那高超的削面技术。只见他将一大团揉好的面顶在头上，两只手拿着两把削刀，上下翻飞地、有节奏地将面削成条状，飞到汤锅里，没有一条落在锅外。更奇的是，你要几碗，他能较精准地算计，到了最后一条落锅，就将面放下，置于案板之上，长吁一口气，或点上一支烟，满脸的自信和骄傲。当别人将面捞入碗中，竟能不多不少，恰到好处，令人叹为观止。

相传刀削面发源于山西，后传入秦地，现在在秦地很有市场，也很有口碑。我曾和山西的一位朋友，专门到他的家乡临汾吃了一次刀削面，不知怎么了，就是没有家乡的刀削面好吃。细究之下，是秦人将山西的刀削面，无论从削面技术还是配汤配料，均结合当地人的口味习惯给予了改良，才会产生如此大的反差。但招牌还必须挂上山西的，因为山西的刀削面才是刀削面的老祖宗。

刀削面的特点在于：柔而韧、韧而筋、筋而光。在筋道中细嚼慢品，回味无穷。用我们蓝田人的话讲，叫“有吃头”。味可因人而轻重，量可因胃而增减，三五人一聚，几大碗呼将上来，狼吞虎咽地一阵风卷残云，就大碗底子朝天。肚子顿时鼓起来，满面红光，满额汗水，只见人人大呼过瘾。

刀削面有一个优秀品质：从不嫌贫爱富。正殿大堂上有之，乡间夜市上也有之，不管你爵位多显，富贵几何，只要你几天不吃一碗刀削面，总感到还缺少点什么。特别是一些成功人士，在外面应酬惯了，回到家里，端上一碗妻子做好的家常面，那个幸福，那个惬意，是无以言表的。

我妻子爱吃刀削面，于是我隔三岔五地陪她走到夜市来，那几家的老板竟都成了熟人。总是会要一碗大的，再来一碗小的，服务员将面端上来，往我们面前一摆，我们就将大小碗互换，妻子吃大的，我吃小的，在服务员的惊诧中，我们会心一笑便吃将起来。可就是奇了怪了，妻子爱吃刀削面，而且晚上爱吃，总也没看到她发福起来，直到现在还是条条样样的，一点也没有走形，惹得别的女人好生羡慕。

吃一碗刀削面，是可以解决饥饿的；吃一碗刀削面，有心的人才能品出刀削面的种种好来；更重要的是，吃一碗刀削面，敬仰刀削面的品质：柔韧、实在，如佛眼中的众生平等，天下大同。

浆水情结

在山里生长，后来到了别的地方生活的人，最难忘的恐怕就是浆水菜了。

在山外人的眼中，这绝称不上佳肴的东西，在山里人的心中，却占据很重要的位置。浆水菜，家家都有的、必备的就饭用的菜品，是山里人家生活的主要成分。

青少年生活在那艰苦的岁月。那个年份，山里山外一样，都不是很富裕，粮食供给乏力，往往人们都吃不饱肚子。但是，在山里，主粮不足，野菜、果蔬可以替补。山里做浆水菜用的物料很多，随便在地里、在坡上，抓一把，在河里洗净，就能制出可口的浆水菜，来哄肚子。

印象里，春天，各种野菜出来了，大人就率领小孩，将它们请回家，烧熟，倒入缸或瓮中，将陈年的浆水倒入，做引子，几天下来，就有又酸又香的浆水菜可以食用了。这样的浆水菜，不但可以就饭，还可以当汤料，吃搅团，吃鱼鱼，吃凉面，都可用作臊子、汤料。往往人们将主食吃完了，也就将汤全部下肚，还要在碗上用舌头舔舔，绝不能有一丁点的浪费。

夏天，可做浆水菜的东西更多，更丰富。山里有一种菜，叫石马子，常常爱在石头上拉很长的蔓。长长的蔓上，左右分布均匀的是对称菜叶，绿油油的、亮晶晶的，煞是好看。在其嫩嫩的时候，你就将它采回来，摘净、洗好，吃的时候就下锅去做，多的时候就晾干，等待需要时再煮。这种东西的口感十分的好，虽然山外也有这种植物，但是做来就没有山里的地道，不知道是不是水土的问题。

还有两种菜是山上的藤蔓植物，一个叫学儿叶，一个叫叶叶花，它们也是做浆水菜的佳品。这两种植物的叶子都大，很密很厚实，吃到嘴里感觉极好，而且，都能晒干，备用。到了冬里，其他菜品不足的时候，还可以将它拿出来，做成浆水菜，弥补人们对山野菜的思念。

冬季，山里的人家，爱将萝卜整块整块地煮熟，放在缸里，和着萝卜秧子，做成陈年的、可以久放的浆水菜。在大雪封山的时候，人们不能出去采买新鲜的蔬菜，主要就用浆水菜维持生活。雪停了，太阳出来了，山里人圪蹴在廊檐底下，端上一碗苞谷糁子，就着浆水菜，眯着眼睛，聊起年景，好不舒服！从来没有一个山里人说，他厌烦了浆水菜，或是不喜欢浆水菜。浆水菜情结已然深深地缠住了山里人的心。

冬季的浆水菜，还有一大特点，就是你用筷子将菜夹起，那个浆水下坠，像线一样，不易断绝。越是陈年的浆水菜，拉的线就越长，可就是奇了怪了，这样的浆水搁置一冬，竟然不坏，来年的浆水引子，还是非他莫属，这算不算也是一种神奇的传承，和火神庙、鸽鹁洞、茂林飞瀑一样让人心驰神往。

上学时，离开了山里，上班后，就很少回去。到朋友的家里，到同事的家里，有时他们也会用自制的浆水菜招待我，尽管他们很是用心，我却怎么也吃不出山里的那个味儿。现在的山外人喜爱山里的东西，爱模仿地做搅团、做鱼鱼，由于缺少浆水引子的缘故，就是没有山里真正的味正。琦君哀叹：要到哪里去找那么好的家醅？我是幸运的，因为家醅还在。

吃过了精粮细作，吃遍了山珍海味，真的要我评说，这辈子自己最喜爱的还是山里、家里的那酸得掉牙的浆水菜。

父亲的酒

我的父亲是元月七日去世的。在父亲离世的这段日子里，时不时地，总有一些人和事提及父亲，都会引起我对父亲的思念。最近，经常在夜里，梦见父亲在自己身边，还是那样的慈祥，还是那样的睿智，还是那样的和蔼可亲。

父亲是位名医，他的医道和医德已根植于汤峪河百姓的心里，可遗憾的是，就是医不自治，对自己身上的病痛是束手无策，最终还是被病痛折磨而死。

父亲给汤峪河留下的话题太多，他的精神应该是永垂不朽的！他的医术应该是难以被人忘记的！他的酒量、酒瘾及酒品也会是老百姓茶余饭后的谈资。

白家的男人爱喝酒、善喝酒，这在汤峪河是出了名的。我大伯在年老的时候，每天都需一斤酒来滋养自己，我大哥、二哥虽不及大伯的酒量，但是每顿喝个斤儿八两也是稀松平常的事，就连我这个教学的人，在前几年还有一斤以上的酒量。我的父亲是承上启下，也算是酒中的高手了。

父亲一生斯文，所以前半生喝酒时，尽管酒量大，但从不喝醉，原因是自己是医生，不能喝酒误事。父亲经常说，人命的事就是最大的事，绝不可掉以轻心。

父亲是医生，在汤峪河有相当高的威信，不管谁家有红白喜事，都以父亲能到场为荣。而父亲，再苦再累也会身体力行，绝不会扫大家的兴。在酒桌上，父亲是坐上席的，是被人敬重的主儿。不管谁喝多了，发起酒疯来，没人能劝止的时候，只要父亲一出面，保证醉酒者一句“先生爷”或“先生叔”，就乖乖地随家人回去了。

在我的记忆里，父亲爱喝酒但绝对是能自我控制的人，可是他老人家六十岁过后，情况发生了很大的逆转，变得放纵起来。

我知道父亲一生坎坷多难，伤痕累累，每到下雨天就浑身不舒服，甚至疼痛。父亲是借喝酒来麻醉自己，减少痛苦。但是，由一天的几两，到半斤，再到一斤，甚至更多，由一次一点到一口二三两，量越来越多。我们和哥哥绝对不是怕花钱，而是担忧父亲的身体，为此，我们默默伤心。

我们也曾“制裁”过父亲，给他定量控制，但效果几乎没有。父亲在汤峪河是名人，是有乡性的人，不管到了谁家，都知道父亲的喜好，也都会满足父亲的喜好，甚至没节没坎的，也总是向家里送各式各样的白酒。在老百姓的心目中，这是对先生的最大敬仰，而对我们子女来说，这无异于“杀害”父亲的手榴弹，无法言表的苦楚，难以向人诉说。

在不断上涨的酒量面前，父亲的身体一日不如一日。我在教育界，也算一个说话有点分量的人，可是在父亲这个“白先生”面前，就是从没敢高声过，对父亲的状况，只能是娓娓劝说，但无济于事。一次，我到长安的天地洞，拜访一位出家的朋友。这位朋友道行颇深，能掐会算，我就将自己的烦恼和担忧托出，老道手掐中指，眼睛微闭，头猛地向前一点，开言道：你父亲的哥哥，也就是你大伯，是喝酒喝死的，是不是埋葬在你家的东北方向，你父亲和你伯伯兄弟情深，现在没有酒喝了，只能向你父亲要，这酒不是你父亲一人喝了的！我给你一个解决的办法，在你们家的东北方向，挖一个坑，埋一个空的白酒瓶子，在上面烧十八张纸钱，你父亲就会不喝酒了。我将信将疑，还是告诉哥哥，照仙家朋友的话做了。

可就是奇了怪了，一辈子不信邪的我，真的看到了奇迹。那一年的春节，父亲过生日前，我接下来住了，尽心尽力地照顾父亲。家里有好酒，拿出来让父亲喝点，可是父亲一点都不喝，我问为什么，父亲说喝酒恶心、反胃，我惊讶之极！

我问哥哥在家的状况，哥哥说父亲冬天里就不喝酒了，一闻到酒就恶心。我的妈呀！我不得不服仙家的法力！

我知道父亲是最不信迷信的人，就忍不住将这件事给他老人家说道说道，他是将信将疑。从我家回到山里，过了一段时间，哥哥打来电话说，父亲又开始喝酒了，而且比以前更厉害！我让哥哥去看看曾经埋过的瓶子，结果不翼而飞。我知道这是父亲做的手脚，我深深后悔将真相诚实地告诉父亲。后来我请那位仙家朋友重新做法，可是他说第二次就不灵了，没有办法了。

直到父亲去世的前一年，父亲才不喝酒了，原因是严重的肺心病，呼吸相当困难，不能再喝了。我曾问过父亲：酒香吗？父亲说；不香！但身上的伤痛太厉害，喝酒可麻醉神经，缓解痛苦。我无言地看着父亲，我叹自己的无能，无法替父亲分担病痛，这是最不孝的行径！

父亲离开我们已经三年了，时常回忆起父亲在世时的点点滴滴，最难忘的还是父亲的眼神，还是父亲的酒！

吃　货

在文化传承的过程中，时不时地会迸发出一些雷人的话语，而且在流行的过程中，登堂入室，最后成为俗话俚语，这也许就是存在即合理吧，不管学究们认不认可，总是这样那样的就有了生长的土壤。

前几天看了一集《舌尖上的中国第二季》，看到蓝田的麦浪，看到蓝田的麦客，也看到了蓝田的裤带面。我是蓝田人，从来都没有想到，自己经常吃的面在电视画面上那么唯美，那么诱人，会有那么大的视觉震撼和味觉享受。

反过来，和同志们在一起议论，又被一个新词所震撼：吃货！现在充斥在媒体、街头的都是这样的形色，这样的画面，这样的大呼小叫。

现在的年轻人就高高举起吃货的大旗。一般来讲，或者从过去的意义上讲，这不是褒义的说辞，可是现在的年轻人不管不顾，不但吃得凶，而且叫嚷得厉害，好像生怕没人知道自己会吃、能吃似的，一点也不含蓄。

不含蓄好像就是个性，没有人论证这句话的正确性，反正社会越来越先进，人的思想越来越现实。生存好像是第一位的，为了生存，一些规范、准则见鬼去吧！

中国人讲究吃的艺术，认为那既是高雅的事，也是通俗的事。由于个人的境况不同，所以吃的内容、场所、气质各不相同。文人有文人的吃法，粗人有粗人的吃相；高人讲究吃的过程，普通人在乎吃的结果；那些乞丐们，不讲究就是最大的讲究，生存是第一需要。

好像很正常不过的事情，到了现在全变了，你看街上那些食客，谈论吃，比赛吃，争着吃，好像吃就是现在最大的命题，吃就是最大的幸福。吃的内容变了，吃的方式变了，吃的心态变了，吃的气质也变了。

我是个不是吃货的吃货。首先我必须吃，其次我不乱吃。我对吃没有讲究，更不爱吃零食，那些水果和我几乎不沾边。我就是每天按时吃那么三顿饭，几十年来，不管生活如何丰富变化，始终改变不了我的饮食习惯。说句丢人的话，我这个人当不了贪官，一是不讲究吃，二是不讲究穿，不会挣钱，也不会花钱，谁让咱是山里人呢，就是学不会这些“时尚”的东西。

我无意褒贬现在的世风，也无意褒贬众生之相，就是爱看善思考，看了会儿电视，想到生活中的现象，不由得发了几句感慨，无他，请看文章的人千万不要对号入座，谨记！

思　绪

这一段时间，我总是醒来得很早，总是在梦中好像有很急很急的事情要处理。猛地醒来，睁开空洞的眼，看到的依然是家徒四壁，听到的依然是妻子熟睡的鼾声。

我不知道男人是不是也有更年期，也有许多烦闷和不安。反正，这一段时间，好像很规律地，晚上没瞌睡，早上又醒得很早，中午还不睡午觉，整个人就像一个上紧了发条的闹钟，铮铮地向前走着，不知疲倦地走着。这是健康的象征，抑或是回光返照？自以为是很智慧的先生，也不得其解。

人到中年之后，就会有许多说不清道不明的人和事在等待着你，这是无法回避的事实。我没想逃，更不想敷衍，只是想按良心做事，但这真的很难。

每天总是有那么多的事在等待着你，必须你点头或者身体力行。也曾想过隐退，但我知道，在这个世界上是没有世外桃源的，每天的生活充满着矛盾，你必须在矛盾中生活。

前年，我遭遇了难堪。还算充满正能量的我，遇到了难以跨越的潜流，不会游泳的我，险些被水淹死。我遇到了有生以来最大的挑战，使我明白了网上流传的那几句话：朋友也可能靠不住！

去年，我充满了悲痛。我的至亲至敬的二位亲人，相继离开了我，我才知道，我已经成了没有亲人的孩子！在一个寒假和一个暑假里，我送走了我的母亲和父亲，此后，几乎在每天的梦里，我都能遇到他们，遇到他们依然和我在一起。虽然这是个梦，但是我喜欢这样的梦，只有在这样的梦里，我才不是孤儿，才不会是没爹妈的孩子。

今年的日子打发得很快，好像刚过完年，麦子就黄了。这几天，看到翻滚的麦浪，我就更加深刻地理解，什么叫时光荏苒。实际上，这半年我过得还算规律，还算充实，每天都是六点钟起床就到学校，迎来第一波学生进校，和中层，和同志，在校园里走走、转转，拉拉话，叙叙旧，就开始了我的书香之旅。

在这个世界里，我感觉自己才是一个会水的泳者。我有很多知名和不知名的朋友，他们喜欢看我的文字，喜欢听我说话，还能和我一起哭、一起笑。在香烟缥缈间，实现天人合一的梦想。在莲花台上，我将自己的思绪化为净水，泼洒出去，发散出去，就会影响到很多很多的人，让他们和我一样，成为一个向真、向善、向美的人！

天 气

这一年，最让人揪心、最使人难以适应的就是天气。

去年秋天，无休无止的阴雨，不但将庄稼下霉了，将家具下霉了，甚而将人的心也下霉了。一个多月，雨淅淅沥沥地、连绵不绝地、不知疲倦地下着，给人的生活，给人的心情都带来阴霾。农民的秋收很艰难，先是缺少光照，麦子成熟不了；再是麦子成熟了，收不回家，甚至产生了霉变，老百姓无法，只能望天兴叹。

去年冬天，长干无雪。干燥得满地生尘，干燥得使人心上火。地里的小麦苗干黄得一点火就能着，土质干裂，抓一把扬出去就是漫天的飞尘，没有一点水分可言。大人、小孩都生病，医院里、诊所中，人满为患。医生哪一个还能耐心地“望、闻、问、切”，囫囵地将手向你手腕上一搭，目光匆匆地向你的五官上一扫，就笔走龙蛇地开起了处方，一瓶瓶吊针挂起，一把把钞票掏出，几天，或几周后，你就可回家生活，回单位上班。稍微不注意，就会复发，重复前边的环节，再受一番痛苦。

过年了，又是寒气逼人。往年的春节已有了些许春意，龙年的春节是和寒风结对、和酷冷为伴的。家里盖了新房，装修还算不错，就是没有取暖设施。春节的几天假，我患了严重感冒，妻子得了面瘫，吃了很多药，扎了不少针，寻觅了不少秘方良方，却好得很是艰难。急病慢治，效果竟是那么的不好。

开学了，直到今天，农历的三月三，才真正地看到了暖暖的阳光，感觉到和煦的春风。可是人就是那么怪，就是那么贱，太阳一好，就感觉热得不得了，开着车，打开窗，热浪滚滚，也惹人心烦。过去谈人定胜天，是一句空话；现在看来，还是比较现实的思想。人过多地干预了天体运行，人过多地干预了自然，违背了规律，于是上天给人予以惩罚，也造就了天气的极端，人心的不古。

说天气只是一个话头，谈人心是本意初衷。人和自然和谐共处，应多一些理性，少一些掠夺，就会多一些好的天气，好的心情，好的生活。

痒 痒

周六回到农村老家，在村里转了转，发现几个小老头坐在向阳的地方聊天，其中有个老头后背痒痒，自己无论如何也够不到背后，只好请旁边的老人为自己挠一挠，可是旁边的老头很淘气，就是不愿意合作，急得老头抓耳挠腮的，浑身不自在。

看到这有趣的一幕，就想到了市场上卖的一种名叫“老人乐”的挠痒工具，有时候一个人的时候，需要了，就给自己挠一下，也能解决一时之急。

痒就是浑身或者哪个部位不舒服，起了变化，需要挠挠、抚摸，才能缓解。

一般来讲，自己能给自己挠痒，就不是问题了。因为一是知道痒在何方，二是知道痒的程度，三是知道自己还够得着，伸伸手就能解决。就像一个人未到老年之前，吃喝拉撒都能自己完成，不需要仰仗他人，不用看脸色，更不用付报酬。

可就是年轻人，手脚方便，如果痒的不是地方，自己也完成不了，还得去求人，最起码还得自己给自己找一个工具，来解决痒的问题。更何况是老年人，这就更不好解决了，确实需要解决的智慧和方法。

这只是身体之痒，可以用手抚摸，用工具挠挠，如果是心里之痒呢？又如何去解决？

每个人的心里总会有疙疙瘩瘩的时候，总会有不舒服的时候，有内心痒痒的时候。我们都是凡人，都会有不高兴的时候，会有不快乐的时候，内心有纠结，又不能释放，真是急煞人也！

古人有隔靴搔痒之说，是指挠的不是地方，但是人家毕竟还是挠了，总比不挠的人强。现在社会上有一些人，总是站着说话不腰疼，总是在埋怨这个埋怨那个，自己不作为，还嫌别人做得不好，这些人的境界，说到底还不如隔靴搔痒的人。

实际上，每个人都有不好的一面，每个人都有难言之痒、无声之痛，如果真的出现了，还得找一个正确的方法排解，甚至可以找一个或一群人释放。有时候，自己费尽心力解决不了的事情，或许别人一个小小的纤指划过，一句无声的抚慰，就能很好地解决，达到非常完美的结果。

对于自己做不到的事情，还是要求助他人，不要盲目地逞强，不要丢不下面子，在真正的身心健康面前，所谓的面子的确不值钱。有痒就得挠，有泪就得流，这应该是做人的基本。

药　用

这几年，家里的亲人和我始终绕不开“药”这个字，仿佛一下子进入了药窖，品其味，明其用，也快成了半个医生。一辈子倔强的我才深深地理解久病成医的道理。

没有一个正常的人会主动去寻药找药吃的。历史上有好多皇帝，命手下人遍寻长生不老之方，可是没有一个千秋万世的活下来，最后还是和老百姓一样，黄土一抔，青冢一堆。只要人生无贪念，就不会将希望寄托在缥缈的云端。现在社会上保健药盛行，就是迎合了一些人的私欲、贪念，结果将一个好端端的身体，吃成了千疮百孔，真的和病人一样倒了下去。

吃药的人有一个普遍的心理，只买对的不买贵的。因为只有对症的药才能真正地发挥作用，祛病除疴。药的作用是因人而异的，同一类药对不同体质的、不同心态的人，疗效是有很大变化的。没有一种药可以包治百病。而各种广告宣传中强调几乎包治百病的药也一定是假药。

说到假药，这是触及人心的话题，也是良心和道德的范畴。做假药者昧着良心在做害人之药，售假的更是罪加一等。明知是假，明知是杀人的刀，却为了私欲和暴利，铤而走险，结成团伙去祸害人。

不是任何人都对药有认识的，一个病人，一个需要调理的人，走进药，了解药，是需要医生的诊断和推介的。如果你的运气好，碰到了一个名医，就会因你之需开出良方；假如你的运气差，遇到了庸医，或者打着“名医”幌子的江湖骗子，那你可就惨了，轻者延缓恢复期，重者要赔上身家性命。医者仁心！如果医生的心里填满金粉铜臭，那这就是杀人不见血的刽子手。我们期盼和谐社会，目前最大的不和谐就是医患关系。真诚地希望我们的父母官们，能多出仁政，多出能策，来解决存在的痼疾。

一个医生用药可以改变一个病人的生命走向，那么一个教育者用药，同样可以改变一代或几代人的命运。有时候，我给我们的老师讲：我们是没穿白大褂的“医生”，不会治病，可以救人。我们传的道，授的业，可以产生远大于医界的影响。那么用一个健康的思想、阳光的心态、正确的方法，来引导学生走向人生，就是我们的仁心体现。不贪私，不计较个人得失，做一个好传道者、授业者、解惑者，既是我们的本分，更是我们的责任。

现在我们的社会，不需要做尝百草的神农，只需要多一点良心，多一点善行，正视自己，爱戴他人，戒贪戒嗔，心存良方，就会有益于己，有益于人。

手　机

现在的人大多是手机控，而我却是手机盲。倒不是我用手机的时间短，而是我不爱研究手机的功能，很多别人认为很有意思的手机功能，我就是不会玩。

过去刚出道的时候，感觉扎势很重要，对于手机的热爱也和其他人一样，像什么翻盖啊，直板啦，像什么诺基亚，摩托罗拉，三星啦，换得比较勤，我也没统计过一共用了多少手机，更没有算过花了多少钱。那时的我，只在意手机样式的变化，看着是否前卫，从没有考虑过手机好不好用，好在那时手机上不了网，只是一个通话和短信功能经常用，其他的就不很重要了。

后来当了校长，经常出去应酬，看到大款暴发户们，手里的手机总是走在时代前沿，而专家教授，特别是文化极高、地位极尊的人，手里反而是几百块的手机，甚至于不上百的砖头块，直板儿，不带色儿，只能打个电话的那种。他们在上课的时候，随便往讲台上一扔，开会的时候，调到静音，放在讲义前，丝毫不觉得丢人，就是这样的行为，着实引发了我的思考：手机能否代表文化？能否代表身份？到底是混混、暴发户有文化，还是专家泰斗有文化？

我以为，我也是半个文化人，应该有点文化人的含蓄，所以从2000年之后，我就几乎没买过贵的手机，一是几百块的非智能产品，二是移动、电信搞活动赠送的机子，你还别说，这样的做派令我很愉悦。比如，在开会的时候，我可以很直接地将手机放在显眼的地方，不怕同事惊讶的目光；和人聊天时，将自己的家当和别人的高档货放在一起，在别人鄙视和惊疑中释然，求得心灵的满足。

在我的圈子里，众人公认的是我的人缘好，人品佳，能力不俗，所以对于我的吃饭着衣、行为举止，在意和在乎的人很多。我越是这样，越在他们的眼里显得神圣，绝不会派生出不敬的意思。而我呢，过了不惑之年，就开始简单地活着，不再追求那些虚的东西，只想把每一天过得舒心，仅此而已。

这几年网络发达了，我也跟了跟形势，开始在网上申请了空间，开了博客，去年还有了微信。也就是这些年，将自己的一些文字，一些思想，放在了网上晒，收获了一筐粉丝，赢取了满世界的尊重。直到现在我才明白，尽管杨贵妃很美，有羞花之姿，但是如果不闪亮于天下，她的小名永远叫玉环。同理，我的文笔功力是几十年积淀的结果，绝非一日之功，也只是近几年才被人知晓，过去我在人们的印象中，就是一个江湖豪客，就是一个勇武校长。

现在满街道的手机潮，满视野的低头族，上班的时候，手不离手机，心思不在工作状态；回到屋，和家人背靠背，各玩各的，就是亲娘老子也不想说一句话。我现在发现了一个商机，研究给人换眼睛。我要设计各式各样的眼睛，形成高中低档的系列，我估计这样下去，玩手机的人，眼睛就算不瞎，也会视力减退，如果研究成功，我就会超越马云，甚至于走出中国，掀翻比尔·盖茨。

手机已经是人们离不开的东西，就和电一样，相信没了手机，很多企业和人就不能活。我想超俗，但不能脱俗，因为我也需要打电话、发短信，但是，我还是要说，对待手机就应该像对待美人一样，可看就行，可用更好，但不要醉迷，不要为此忘了其他，特别是亲情和身体。

怀　旧

人老了，总是有相同的情愫，那就是爱回忆过去。爱在过去的人和事中浸淫、纠缠，从而产生一种难以自抑的情绪宣泄，这是自然规律。

而我认为这种情绪或者情愫就是怀旧，就是爱用历史的眼光看待问题。不能说这不对，但也不能大力提倡，毕竟时过境迁，历史总是向前发展嘛。

我们这批人，是吃苦过来的，对过去的一切，总是仿佛昨夜星辰，就在眼前。印迹太深，是不能忘怀，也不易忘怀的。童年、少年乃至青年时代，所发生的东西，总是爱在梦里，或在同行者唠叨中还原、放大，而且，常常被激动得热泪涟涟。

反观现在的年轻人，好像对过去不太感兴趣，而是对未知的、未来的东西很是上心。这也对，毕竟历史要传承，还要发展，只有用无穷的欲望和创造力，才能站立在时代潮头、世界之巅。

最近，好像在网上有一条“国民床单”，引起了很多人的围观，听说几天之内，围观、转发量就有几万，这说明了一个问题，现在的世事无常，人活得很纠结。一张旧的床单，是过去普通老百姓家里再普通不过的物品，和现在的高科技产品相比，无论是色彩还是质量，都无法比拟，可就是这条老床单，却引发了国民的怀旧情愫。

也许，或者是或许，当一件东西离你远去时，你才会感觉到它的珍贵。我们回味过去的一切，就是他们去了、远了，我们再也得不到了，反而感到倍加温馨，难以割舍。

怀旧是上了年龄的人的专利，也是沧桑之人的奢侈品。怀旧只能是一种有力的合法的宣泄方式，而不能看作是必备的优秀品质。深情地缅怀和回想，可以自我疗伤，也可以自我勉励。

棉　衣

前几天随团到白鹿原上去检查教育教学工作，穿着比较单薄，所以到了学校，特别是在学校的会议室里，感到后背透心凉，我知道这是到了该加棉衣的时候了。

好在几天前，和妻子到商场去转，淘了一件不算好的衣服，样子很好，穿上也很暖，就是不值钱。妻子觉得有点不合适，可是我认为很好，棉衣的作用就是御寒，既然它能保暖，还有什么不满意的呢？没想到，今天就派上了用场，在检查的这一周，穿在身上，不但合时宜，而且合身体。晚上回家，将棉衣脱下来，拿在手里感觉很温暖，于是，我就想起了许多和棉衣有关的故事。

小时候，山里的风大，特别是隆冬时节，是透骨的寒。家里给我的棉衣是哥哥退下来的旧衣服，好像里子和面子一样的硬，没有一丝暖和的感觉。那时候，是没有内衣的，只是在棉衣的前襟上加一道边，农村好像叫作掩襟。冬天的风从裤腰向上钻，冷飕飕的，前心和后背是一个感觉，绝对低于身体的温度。

可是就是那时，愣是没有感觉到苦，整天乐呵呵地，从东家转到西家，从学堂转到家里，几年时间，就是这件棉衣陪伴我长大。

后来上了学，分配了工作。由于自己是年后到校工作的，那时节还很寒冷，于是还没有挣钱的我，穿上了一件蓝色的“大褂褂儿”，成了一位教书匠。在那几年的冬季里，我就是靠着这件棉衣，度过了寒冷的日子。白天将它穿在身上，晚上将它当被子盖，却丝毫没有感觉到不好，生活充满了乐趣。

我记得那时的棉衣就是两三种颜色，大众的是黑色，有工作的人是蓝色，军人是黄绿色。每年村里来了军人，好多人很是羡慕，一是羡慕他们的气质，二是羡慕他们的着装，总觉得他们特不一样。

后来社会进步了，人们的生活有了变化，到了冬季，你到人多的地方看一看，穿什么的人都有，衣裳的款式变了，颜色变了，好像人的精气神也变了。

现在的棉衣很轻、很薄、很暖。不再有过去的臃肿，不再有过去的单调。好像模特身上有的，生活中就会出现，没有人再说教什么奇装异服，更没有人说什么穿得穿不得。老人穿年轻的衣服，已经是常见的现象，色泽的搭配，只讲合适，不讲合理。

很多人不再是一件棉衣过一冬了，男人也有几件换洗的衣服。女人就更多了，往往一周或者几天就换一件，而且还能搭配出鲜亮的效果，惹人眼前一亮，如果眼光是激光，估计好多女人的后背就穿孔了。

你不得不承认，现在的社会好了，人们的生活开始讲质量了。盛世的幸福，是身处盛世的人感觉不到了，只有我们这些走过来的人，才深有体会；只有我们这些曾经需要温暖的人，才知道温暖的可贵。

每当看到街市上流动的冬天的风景，我知道现在的冬天有了春天的景象，有了春天的色彩。

人　鱼

这几年，我的思维很是敏捷，总会有一些匪夷所思的念头跳跃出来，有时你将这点点火花、点滴感悟记录下来，竟能拥得众多读者的喜爱及粉丝们的一系列的感动。

我的一些朋友喜欢钓鱼。我总感觉这是一个费心费力而又不讨巧讨好的活动。在他们的嘴里，当渔夫还当出了一种纯粹，钓鱼还钓出了一种境界来。看着他们满脸的虔诚，满脸的幸福，我还是百思不得其解的。在我的眼里，在我的心中，渔夫就是渔夫，就是希望钓取别人的生命，来丰富自己的餐桌，和屠夫没什么两样。

我为鱼儿哀叹！鱼儿生于水中，本该快乐地游来游去，本该快乐地享受生活，可是面对一根根渔竿，面对一张张大网，它们的生命何其脆弱，它们的命运如此多舛！人为刀俎，我为鱼肉！呜呼！这正是鱼儿的可悲之处。更有甚者，鱼儿沉入水底，还是被引诱出来；鱼儿游至山涧，还会被觅踪而来的炸鱼者，将其连大带小生生毁灭。这是鱼儿的悲哀，又何尝不是人的宿命呢？

其实，人就是一条鱼。不要将自己当作捕鱼人，因为在生活这条河里，还有更强大的猎手、“渔夫”等着你。真到了那时，你也是一条鱼，一条被他人宰杀的鱼。

做好一条鱼，就得消除贪念，明白自己的长处与短处、缺点与优点。当渔竿垂下时，当大网撒开时，你必须努力地向池塘里沉，向青泥里钻，切不可昂头挺胸做好汉。因为你不是钩和网的对手，对于他们而言，你就是一个弱势群体，争斗的结果不是被人摔死，就是被人烧了、烤了、蒸了、煮了，成了别人的盘中餐而已。

沉入水底，沉入青泥，是为了当渔钩升起时，大网捕尽时，甚而当池水被放干时，灾难过去，新水入池，你就会重新站起来，你就还是一条游来游去的鱼，而且是一条坚韧的鱼。

勾践能卧薪尝胆，韩信能忍胯下之辱，最终还能成就一番事业，造福一方百姓。如果他们没有鱼儿的坚韧，也就没有后来的丰功伟绩，也就不会万世千秋被人称颂。

我们是鱼，是生活在这片大河大海中的鱼。既没有偌大的能力，也没有坚强的后盾。只能清醒地看清自己，看清自己的生活环境和博弈对手，从而调整自己的方向，调整自己的心态，营造一池自己的清水，争取一湾自己的天地。

那滋味

“爱你就像大风往北吹/吹落我对你那相思泪/离开你的那天大雪满天飞/可惜我连头也没敢回……”这首歌的旋律总会勾得人浮想联翩，久久不能自抑。

一个人来到这个世界上，是哭着来，笑着走的，这期间的分分秒秒，都会有无数的酸甜苦辣等着你，不断地填充心头。也许品味着这种种滋味，才是人生真味。

我能理解汤潮先生唱的那种情感。有的人一生境遇中是情感如花，常伴春色满园；有的人是情感如酒，细品慢咽中，往往荡气回肠；而对有的人而言，情感就是那杯喝不完的苦咖啡，喝的时候很苦，坚持下来了，习惯了，却能体味出还有丝丝的香甜。

现在的爱很不含蓄，表达相当直白，功利性、指向性很严重，真正的纯情纯爱，是这个浮华社会的稀缺。能坚持求真求纯，能有勇气、有决心追求真情真爱，这些人就很不简单，应该给鼓掌激励。社会进步的表象是物质的极大丰富，然而真正的进步是物质与精神的双赢共进，有时候，精神的东西比物质更重要，弥足珍贵。

人生的滋味只有自己能体味明白。对别人是甜，可能轮到自己就是苦；对他人是厄运，对自己就有可能是飞黄腾达。

要让自己的生活有滋有味，就得做一个生活的有心人，做一个生活中的能人、强人。我曾经在很多场合阐发过我的“白氏理论”：能人的标准有两个，一是能办事，二是会说话。能办事是指不管过程，只讲结果；会说话，是要求说话必须分人、分时、分地，也就是分场合，不能口无遮拦，更不能率性而为。

当《那滋味》的歌声再次飘起时，竟引发了我的思绪翩翩，回味美好的过去，体味艰辛的生活，展望未知的将来，有百种滋味，万种情感在心中云腾江涌。“那滋味让我回味，时光匆匆荏苒往前追，前尘往事都化作尘灰……”

壶中水

人的一生中，和水是有很大的渊源的，水对人的生命之重要，是毋庸置疑的。我不羡大江大河的汤汤，不慕小溪小涧的潺潺，独爱那壶中之水。

已过不惑之年的我，走遍了大半个中国。在长江，在黄河，我只震撼于它的气势；在大海，在湖泊，我只心仪于它的浩渺。在桂林冲浪，在丽江泛舟，在武夷山乘筏击水，给我的愉悦，给我的感动，也留存于心，定格于影。时间长了，也就和家乡的山水一样，只有温馨而难感动。而壶中之水来源于河流，来源于井肆，只要进入壶中，就有了新的希冀，并准备为目标而苦练其身。

水入壶中，目标就是为之沸腾，为了追寻生命的真智空灵。他深知，要达成目标，走向沸点，就必须经受文火、大火，甚至烈火的长时间的烧灼，耐受烈火煎熬的苦痛。在慢慢地升温中，在难耐地烧灼中，最终走向沸腾。这时的水，已变成热浪滚滚的可饮的健康之水，给人们，给生灵，带去福音，带去享受。

我之所以看重壶中之水，是因为壶中水和人生拼搏有那么多的相似之处。任何一个人都知道，天下没有掉下来的馅饼，也没有飞来的幸福。人生要达到成功之境，过程的煎熬是必须忍受的。古人云：“故天将降大任于斯人也，必先苦其心志，劳其筋骨，饿其体肤，空乏其身，行拂乱其所为，所以动心忍性，曾益其所不能。”任何一个齐家、治国、平天下的人，都必须有所奋斗，有所牺牲，有所舍予，才会有所收获。

我们是小人物，不必去想、去思考大道理。即使再小的生命，再普通的大众，也会有希望，也会有期盼。农人种自己的一亩三分地，只要舍得力，只要舍得汗，精心耕耘，经历春夏之变，才会有秋的收获，才会将种子变成累累果实。

水之于人，是息息相关的；人之于水，必须尊重、呵护。爱水之心和爱人之心一样，必须心怀赤诚，必须精心培养，才不会干涸，才会有源源不断的活水、健康之水流出来，再欢快地流去。

壶中自有乾坤在。一把小壶，只能容纳一壶之水，可选至江海，可汲于小溪，可取于天上无根，可挖至地下潜藏。只要到了壶中，就只有一个想法，一个希冀，一身赤诚，一味忍受火烤电击。没有埋怨，没有后退，既来之，则安之，就准备去做普通之水永远也无法体验的壮烈之举。

爱水和爱人是相通的，爱人和做人是同步的，做人和做事是一脉相承的。只要将两者完美地结合在一起，你就可能成为圣人，成为被人们牢记和敬仰的人。

不知不觉，写下了这么一段话，表达了我对壶中之水的尊重、敬仰和热爱。不是所有的水都有壶中水的理想，也不是所有的水都有壶中水的坚韧。因此，我独爱——壶中之水。

华山脚下

清明节，我和朋友鬼使神差地来到渭南，也来到了五岳之一的华山脚下。

自我有文字记忆起，《智取华山》的连环画和电影，不知看了多少遍，英雄的高大形象和华山的崔嵬峻险，一起存入了脑海，定格成了永恒。所以我对华山的膜拜不亚于对中国任何一座名山，因为她是我心中的神。

在中学的史地课本中，也在我从教后给学生的描绘中，我总是以激越的心情，昂扬的语言予以讲述。可是作为陕西人的我，却真的一次也没有登临过华山，只是几次在乘火车去南方的过程中，匆匆地掠过几眼她的倩影。那么这一次的到来，竟使我四十多年的心中夙愿得以实现。

从蓝田出发，沿环山公路下到渭南，过了华县，就进入了华阴地界。在华山服务区，我们停下来，远处的高耸山峰已跳入眼帘。山上有大片大片的白色，细观才知，那是大块大块的巨石，那是华山的魂；小草和树木只是在石缝中生长，是华山的点缀。从下向上看，华山高入云端，几个主峰都缥缈在云彩里，更增添了几分神秘的色彩。

从华阴高速下去，一条端南正北的路连接着华阴市区和华山景区，这条路叫华岳大道。我们直接到达了华山脚下，将车停在停车场中，就随熙熙攘攘的人流，来到售票大厅。大厅很是宏伟，排队买票的人很多，南腔北调的，我知道这是来自海内外、来自祖国四面八方的游人。而最引我关注的是，大厅的正中，有一块巨大的玻璃地板，地板下方是华阴市和华山景区的全景图。游人的路径用彩灯标示，几个重要景点，东、西、南、北、中峰，都清晰可见。从上向下看，有如坐在飞机上，俯瞰着华山景区的一山一水、一草一木一样，是那样的清晰，又是那样的亲切。我真的为这个创意的设计者叫绝。

年轻的时候，身体好，却没有机会上华山；近年来，身体状况不佳，上华山是心有余而力不足。今天，我来到了华山脚下，依然没有登临的信心和勇气。但我很知足，毕竟我来到了魂牵梦绕的华山脚下，近距离地瞻仰了华山的神韵。我从华山的全景图中知晓了华山的雄奇和险峻，也从“一枝红杏”中领会了华山的精神和品质。在华山脚下，我想：其实人生就是一座山。面对它，一要有登临的思想，二要有登上的本钱。应该随时随地地把握机会，不要让时光虚度；更不要做语言的巨人，行动的矮子，到头来，空怀激烈，空留遗憾。

期待花开

最近，没事的时候，就爱一个人开上车，满山遍野地转。其实我知道，我是在意那些去年植根于心的花儿，怕一不留神，错过了花期。

我是从山里出来的人，对于山花野草习以为常，对于它们的习性也是了然于心，如数家珍。但是，山里的花没有给我形成震撼，原因是山里的花儿是天然的、散栽的，是无心插柳产生的效果，而山外不一样，很多是规划好的，用了心的，所以就形成规模，形成大气和震撼。

这些年，我的心态发生了很大的变化，不追逐功利，不慕虚名，规范做人，规矩生活，还真有了“终南隐士”的做派和风骨。有的时候，不留恋甚至拒绝推杯换盏、呼兄唤弟的应酬，喜欢一个人静坐斗室，思考写文字；喜欢一个人去山山峁峁间转悠，呼吸清新的空气。有人说我变了，少了弟兄之间的热乎，少了当年的豪侠之气，我承认，人家说得对。当一个人，面临过生死，从鬼门关走过几遭，你还能一如既往地“要面子要里子”吗？

很多和我当年好得穿一条裤子的人，如今面对时，我竟无话可说，我知道我们的心还是通的，血还是热的，就是语拙了，没话了！有时候，回到老家，看到当年的玩伴，真的有鲁迅先生的感觉。所以，我以为朋友是真的，但也是分时段、讲圈子、讲均衡的。

既然有了那么多的不适合不快乐，还不如一个人静下来，想想自己该想的东西。不要还在意江湖，所谓的江湖，说到底，是人的世界。你不愿应酬，不愿被干扰，就不要往那个圈子里钻，去自寻烦恼。一个人，以自己为中心，冷暖自知，喜怒自知，何乐而不为呢？放学了，或者偷个闲，一个人出去，或走或开车，将蓝田周边的地方转个够，将身边的风景看个够，未尝不是一件惬意的事。

我知道，迎春花开了，桃花就不远了，杏花也就接踵而来，接着就是油菜花、樱桃花、槐花，一层一层地开，比着赛，赶着趟儿，呼啦啦，就将蓝田装扮成了一个美轮美奂的仙境。

曳湖唐沟的桃花是远近闻名，到了开花的时候，是漫山漫岭的红；华胥娲氏的杏花，那才叫一个大气，繁盛的白，覆盖了整个村落，看不见房，看不见人，眼里只有花儿；北岭的油菜连地成片，先是翠绿，后是橙黄，晃着人的眼，挠着人的心；最要命的是曳湖、狄寨的樱桃花开了，绵延十几里，塬上塬下，岭上岭下，河岸平川，全是樱桃花，用云蒸霞蔚来形容，绝不为过；更不要说三官庙的槐谷，遍地是槐树，满坡是槐花，走进槐林，馨香扑鼻而来，沁人心脾，有如神仙府邸。

可惜的是，这个周末，我寻访了一下，它们还没来得及开，所以，对我而言，就是满怀期待了，期待梦里花开。

富贵·长生

在我们关中地区，当一个小孩降生之后，家里的长辈会请本村的富贵之人，给孩子挂上一个“长命百岁”锁，目的就是期盼孩子能够平平安安，健康成长。后来我走访到关中以外的地区，好像都有这个习俗，说明这是全中国老百姓心中的共同期盼。基于此，我认为人生有两个奋斗目标：一个是富贵，另一个是长生。

每个人都希望自己会富贵。当然，富是普通人的思想，贵是少数人的追求。

一个人从懂事到终老，好像就是一个求富求贵的过程。为了能达到这一目标，很多人选择了很多条路。相信绝大多数的人，都是靠自己的双手，通过自己的努力，逐次达成致富目标。也有一些人，不怕犯罪，通过害人坑人达到了富的程度。

求富求贵的过程是一个艰辛的过程。必须饱尝辛酸，饱尝苦痛，也会有很多屈身折节的时候，个中滋味也只有自己明白。没有无缘无故的爱，也没有无缘无故的痛，更没有无缘无故的富与贵。调整好期盼与进取的关系，做好平衡，才会在求索中获取快乐。

实际上，富了贵了的人才会有更高的追求，那就是长生。一些上了年纪的人，特别是身体不好的人爱说：怎么不让自己死去。然而，说这话的人才是最不想死的人。听说老人对死有一种恐惧，最后还是在战战兢兢中死去。人生是需要欢乐的，让生命绽放出光彩和意义，让活着的每一天都有价值。

我们祈求富贵，是因为我们穷怕了。我们心中的富贵其实很简单，就是“有衣穿，有饭吃，有钱花”。没有太大的野心，也不一定要成为百万、千万富翁。每天的劳作能换来一家人的生活安稳，就是我的富贵观。从没有奢侈地盼望大贵大显，我的肩膀柔弱，也扛不动“富”这东西，也载不动“贵”的重量。我们就是芸芸大众，和常人一样，有期盼固然好，有一个好的心态更好。每天和家人一起，和朋友一道，辛勤创业，快乐生活，心无大愿，也就不纠结；活出潇洒，活出精彩，也就能与长生做伴，幸福终老。

失和的冬天

今年不知怎么了，好像得罪了什么人，就是阴阳违和，整个冬天，暖和如阳春，就连三九的那几天，都是如此。

古代有天文师，也有阴阳先生，每遇到这样的情况，就会有所行动，想一些办法，调整一下，尽管有很多唯心的东西，尽管作用不是很大，但是能给人的心灵以慰藉。

昨天，天阴得很重，天气预报报了几天的雪，极不情愿地飘了几片，气象部门不失时机地打炮催雪，还是没有将地表湿透，雪没有真正地降下来。

今天早上我起来，到楼下开车，看到地上湿漉漉的，车上躺着薄薄的一层雪，感到很亲切，终于看到落雪了，而且有了冬天的感觉。隔壁的人上班早，急于将车开走，用抹布将车上的雪扫下来，而我是将车打着，将空调开到高档，调整至吹挡风玻璃，看着车里的热气起来，挡风玻璃热起来，挡风上的积雪慢慢消融，直至成水，才不舍得地开动车子，向单位而来。

我是有恋雪情结的人。

小时候，在山里居住，每到冬天，我都是苦并快乐着。苦的根源在于家贫，买不起保暖的衣物，只能穿着大人剪裁下来的旧衣服过冬，的确很冷。我记得那时冬里，身底下没有内衣之类的东西，只有一件老布棉袄，前边有一个掩襟，挡风用，太冷的时候，就给腰上勒一根草绳。小孩子淘气，贪玩，每每出汗了，不玩了停下来，身上就像包了一层冰盔，实在难受。一般早上起床前，都是母亲将衣服放在火上烤一烤，才让我穿上。

快乐的就是，在冬天下雪的时候，可以堆雪人、打雪仗，更重要的是可以扳冰凉坠儿，可以滑冰。我家房的山墙外，有条小河，冬天里，从上边会蔓延下来冰凌，沿着小河岸，溢得河道满满的，成为一道不太陡的冰河，白生生、光溜溜的好看好玩。孩子们带上自制的滑冰设备，从上边溜下来，技术好的可以滑到下端，技术不好的是人仰马翻，伤痕累累。但是不觉得痛，不觉得危险，还乐此不疲。

山里下雪和山外不一样，往往雪和狂风是联袂而来的。山沟沟的风大，这是人所共知的事，每到下雪的时候，一般都是狂风呼啸，很少有文文静静、潇潇洒洒的下雪时候。往往下了一天雪，背风的地方，雪比房檐还高，风头的地方，却一片雪也坐不住。

我曾在《汤峪河纪事》里，反复描写过山里下雪的情景，以及山里人在雪天的苦与乐。近几十年，在外边生活，每到冬天就渴望看到飞飞扬扬的大雪，但就是看不到。有几年，也下了几场大雪，但依然看不到山里下雪时的那种风骨和神韵。更别说今年了，直到现在，只看到了几片雪，还是用炮弹打下来的，就更没意思了！实际上，上山打柴，下河脱鞋，是天经地义的事情，可是现在不行了，人是胜天了，比天厉害了，天呢，惹不起还躲不起了！于是，天、地、人，过去号称的“三才”失和了，这个世界还能好到哪里去。

民俗也？粗俗也！

上周我去了一趟汉中，到了著名的茶叶之乡——西乡。路上的美景使我陶醉，亲戚的热情让我感慨，我能感觉到汉中是个好地方，更能感受到汉中人，特别是西乡人是一个好客的群体。但是，亲戚孩子结婚的过程中，及婚宴上的所谓民俗的表现，却使我反胃，至今难受不已。

首先是奢侈。我的亲家是个地道的农民，近几年包了几项小活，挣了一点钱，在县城购置了独家独院，生活也算得上滋润。几天前，亲家邀请我和我哥，一定要参加他孩子的婚礼，我答应了，也去了。但是，我看到他的家庭收拾和婚礼现场的布置，及菜单酒水的使用，我很震惊！如果放在我们蓝田，绝对称得上高端大气。菜我就不说了，什么鱼啊，鳖啊，羊排啊，野山菌啊，不胜枚举，就是单从那酒水，就显得不一样，酒喝的是四百多的泸州，饮料是台湾的果汁，烟是中华。我问亲戚，你们这样做能行吗？亲家说：没办法，都是这样！孩子结婚，大家都高兴！硬撑吧！

其次是敬酒。西乡的饭桌上，酒是必须有的，度数要高，档次也要高。当天晚上我们到的时候，一顿便饭，就使我们惊讶，几乎他家里的男女主人和男女亲戚，都来敬酒，使我们苦不堪言。好在我们都不喝酒，不管他们怎么劝，最后都没起作用。我就问我的侄媳妇是怎么回事？她说，我们这里就是这个风俗，不给客人敬酒，让喝好，是一种不礼貌的行为。还有你在酒桌上，别人给你敬了酒，你如果不给别人回敬，别人会对你有看法，在以后的生活中，会和你划清界限，认为你不可交。呵呵，我就说嘛，我侄儿原来不见喝酒，现在每次回家都喝得不少，原来是丈母娘家的酒文化给熏陶的结果。

最后是耍公公和新媳妇。我们蓝田在新媳妇进门的时候，也会将公公婆婆收拾一番，穿上戏装，画个怪像，举个花束，打个旗子，做欢迎状！还有甚者，也不过是为孩子们拉下车，仅此而已。而在西乡，主人家的所有相关人，都要穿上租来的礼服，重要的亲戚要胸戴红花，还要敲锣打鼓扭秧歌，迎接新人的到来。而公公最辛苦，要在一番玩耍之后，从很远的地方，将自己的儿媳妇背回来，背到拜堂的地方才能放下。这还不算完，在婚礼进行完之后，按理说新人应该敬酒了，但是西乡有一个没完没了的习惯，就是当着娘家人和婆家人的面，耍公公和新媳妇。

这里的敬酒要求是，公公要背着新娘给每一桌都敬酒，而且还要在敬完一桌后，必须背着儿媳妇绕场一周，才能进行下一桌。我开始就觉得这种办法很愚昧，很不人道，当着娘家人的面，这样做是很不合适的，但是这里的人热情很高，我真的不知道说什么好。后来我寄希望他们是即兴的，耍一耍就完了，结果没想到的是，他们没完没了，新媳妇痛苦的脸上还要挂着笑，公公汗流浃背，气喘吁吁，实在不能支撑的时候，他们又将二阿公、三阿公拉来，让他们背起侄儿媳妇边跑边敬酒，这样的场面一直在持续着，直到我走的时候，还没结束。

回来后我在想，一个地方有一个地方的风俗不奇怪，怪就怪在社会演变到了今天，还如此的愚昧，将陋习还要坚持做下来，实在是不明智。移风易俗，简单化，公约化，不扰民，不害人，才是今天的王道，才是最好的习俗吧！

灾难面前的表情

最近，我的一个朋友出了一个天大的事，和人合开的粉石矿，因工作之误将一个工作人员，生生地在石沙下活埋了整整两天而亡。开挖掘机的年轻人害怕承担责任，竟然没有将真相告诉他们，错过了最佳抢救期，使一个简单的工伤事故，上升到人伦法律的高度，结果是我的朋友欲哭无泪。

在这场灾难面前，由于知晓事件始末，参与过程处理，面对最终协定结果，我也是欲哭无泪。因为，从这件事上，我看到了各方各色人等的表演和表情。

可以说，人们总是从善出发，会百分百地同情弱者，同情受灾受难之人。是啊，人死不能复生，毕竟生命之重，远大于其他任何有形价值。据说，这个死伤之人很敬业，和业主关系很好，很负责任。那天开始下雨，老板下令停工，可是他还是不放心最后的二十米电缆，自己一个人叫上挖掘机司机，去检查是否掩埋妥当。谁知，他指挥的挖掘机作业，竟将自己埋在了下面，更不可思议的是，司机为了逃避责任，竟将事故瞒报。两天后结果出来，招致骂声一片，迎来一双冰冷的手铐。

从这个角度上看，责任者是司机，种恶交恶的是司机。而这司机还不是矿上雇来的，而是随着他负责的工作区来的有资质的专业人员。虽然司机进了监狱，可是给死者的伤害，给生者矿主的责难，是无以复加的。

在这场矿难面前，受害者有两个，一个是死者，另一个是矿主，只是人们忽略了矿主也是受害者这个事实。

死伤之人的家属完全可以走法律程序，让一个本应是非分明的矿难责任者承担刑事兼民事的责任。可是就是怪了，他们绝不走司法程序，而是一哭二闹三上吊，雇请专业“法闹”进行处理，漫天开价一百六十万，在近半个月的拉扯中，最终以半价成交，高出了当地赔偿的多倍标准。死者妻子在过程中的悲痛欲绝，和从银行出来数钱时的兴高采烈，简直判若两人。令人惊奇的是，还和责任人探讨起这笔钱该何处存放安全的问题来，丝毫看不出丈夫不在的悲催。

三个合伙人，为此付出了十多天的牢狱，成百万的钱币，反倒坦然。之前，工友之死使他们难过，使他们内疚，毕竟有管理之责。在处理的过程中，做到了骂不还口，打不还手，然而对最终的结果又感坦然。毕竟过去了，面对家属团队的打闹，表现出足够的隐忍，而且，从此以后心如钢铁。

其中参与说话的人，都是江湖上的名嘴，都可以堂而皇之、语无羞惭地讲：我们就是要在法律和同情之间，寻找利益最大化，不然要我们干什么？我们的出马就是要你们在法律之外，多拿出几十万的赔偿。言辞之激烈，态度之多变，行事之诡异，处置之匪夷，真是令人大开眼界。在这人治大于法治的社会里，在这个和谐的时代，还真的滋养了这样一批如“医闹”“房闹”之类的人群存在。让一个本来司法可以解决的事故，变得人人侧目，个个恶心。

死者的家属是我认识的人，以前的温文尔雅，事故处理过程中的悲天跄地，结束数钱时暧昧的眼神，使我看到了人世间的悲凉。丈夫的生命换取了一沓厚厚的纸币，这好像就是一个交代。我的妈呀！我真的不知道她在花这个钱的时候，是怎么样的一个心态，何种表情。

应该为死者致哀！应该为安全事故买单！应该进入国家法制化的轨道！但不应该看到受害者和受害者之间，受害人与参与人之间无拘无束的表演。如果中国有人想拿奥斯卡最佳表演奖，就请将镜头对准这些事故中的人们，记录他们的影像和表演，说不定这还真能填补这一项空白，带来“殊荣”。

生活创可贴

最近妻子偶感风寒，面部神经出了一点问题，经人介绍，从一个“神医”处讨来了一个“神方”——一贴膏药，希冀能还原一张素静、健康的脸庞。膏药上脸，无法稳附，学过医的妻子买了一把创可贴，还真管用，十字相交，不但稳妥，还显美观。

创可贴的功用大家都很明了，在生活中会有很大的用途，几乎每一个家庭都会储备一些，以防身体发肤伤痛之用。简便、实用、效果好，生活必备，深受世人喜爱。

我想自己是半个文人。所谓文人就是斯文起来爱发神经、爱发感慨的人。总会有一些奇思妙想，还会有一些心得体会，我亦不能幸免。在给妻子贴膏药的时候，在使用创可贴的一瞬间，我的思维就游动起来，一张创可贴可医治病痛，那么生活的创可贴又可医治些什么呢？

创可贴能映照病痛。在病痛的部位，相对而立，创可贴出现的时候，就是伤痛需要的时候。生活的复杂，压力的巨大，会使人的身体或心灵遇到大大小小的伤害，那么在病痛袭来的时候，人们的第一需要就是来一张创可贴，明白自己的伤痛，并准备为自己的伤痛疗伤减压。

创可贴可以掩盖病痛。人们需要创可贴，创可贴是最方便、最实惠的疗伤工具，是最普通不过的灵丹妙药。不管是小孩还是大人，不管是玩耍还是工作，不慎的伤痛是在所难免的，小伤小痛上大医院是一种浪费，那么创可贴的适时出现，适症疗效，就是寻常百姓的最爱。

创可贴从不嫌贫爱富。高贵之人可享，贫贱之夫可用；柔荑之手可抚，粗糙之手可持。没有专供之说，没有等级品质之谈。在社会的任何地方，都可见它的身影，都可感它的温暖，说它是“大众情人”，也诚不为过。

今天写这篇文章，绝不仅仅是想叙说它的医学功用，而是要升华到精神的层面。家用的创可贴可以疗伤，生活的创可贴便可抚慰精神，熨帖心灵。生活中谁没有心灵的创伤，精神的病痛，那么能不能寻一贴生活的创可贴，来暂解心灵之痒，精神之痛，几乎是一件奢侈的事。但我想只要咱是有心人，保持一颗平常心，勿贪戒嗔，大方磊落，这种痛苦就会少遇，这份期盼就会显现。生活中会有很多不如意，但只要心中的创可贴在，生活的创可贴在，就会轻松许多，快乐许多。不信，您就试一试！

生活如做菜

生活是什么，各人有各人的认识，各人有各人的理解，仁者见仁智者见智。我将生活想得很是简单，生活如烧菜，你在不同的条件下，用不同的炊具，用不同的火候，加入不同的调料，就会烧制出完全不同的生活味道。

常常看到、听到朋友们的慨叹：生活如此艰难！在顺境中、蜜罐中长大的人，和在艰难困苦中打拼的人，对生活的理解和看法绝不相同。

我出生在农家，而且是山野农家。那是个极偏僻、极困苦的地方。虽然我在《汤峪河纪事》里，将家乡描绘得如人间仙境，但那是我现在生活境况好转，衣食无忧，又离开家乡较久，对家乡的思念所致。如果你作为一个游客，进入汤峪河，你会感到美不胜收、流连忘返；但如果你作为一个土著，长期生活在那里，那种滋味是绝不好消受的。生活的滋味，在我们山乡人的眼中、嘴中、心中，是一个沉甸甸的东西。

从山里走出来，到了外面的世界，开始是目不暇接，再是困惑莫名。应对任何人和事，都得有一个适应的过程，而这个过程是撕心裂肺和伤筋动骨的。好在自己心态好，奋斗意识强，再加上用心做事，知道可为和不可为，所以还算走得相对平坦，小日子过得相对舒坦，也取得了还算能慰藉心灵的点点业绩。

但是也有一些人，就没有我这样的幸运。每次看到小时候的玩伴，有如中年时的闰土，我的心总是一揪一揪地痛；当然，也看到一路走来的乡党、同学、同事、朋友，他们取得了很好的成绩，看到他们自得意满的样子，我没有嫉妒，只有高兴，为他们高兴！

生活教会了许多人如何生活。

在生活中，你得明白自己要什么，还得明白怎么要。得清楚自己的优势和不足，得知道怎么去弥补自己的缺陷，不能做一个盲目的人。

过高的设置目标是不理智的行为，没有生活目的更是混账行径。我们是普通人，干的是普通事，没有那个高贵的命格，也没有那个“黄金命”和“福禄寿”。

我以为，生活就像是做菜一样，不同的人，会选取不同的做菜原料，在不同的炊具上，量力而为，做自己能做并喜欢做的菜。条件不同，能力不同，性格不同，喜好不同，就会选取不同的调料，用不同的火候，烧制不同的菜品。同样是个“家常豆腐”，不同的人，不同的条件，绝对会是不同的味道。

我说这些，绝对不是鼓吹让人不上进，让人认命，而是强调适时地调节自己，不走冤枉路，不做无用功，给自己小小的满足和成功感，燃烧生活激情，增加长行的动力。给自己酿造一坛自己喜喝的酒，没事的时候，饮上三两杯，让心微醉，何乐而不为？

寂寞是因为懂你的人不在

昨天在微信圈里看到，一个朋友出去旅游了，晒的照片不少，着实让人羡慕，所以就问候了一下

我：你去的地方，景色很好呀！

朋友：确实是，但就是人太多了。

我：应该很高兴吧？

朋友：看见满眼的苍翠，突然觉得很寂寞。

我：还寂寞？

朋友：他给的寂寞。

我：他，罪过大了。

朋友：每到一个地方，都想他在身边，与他共享。

我：你神了。

朋友：神了吗？

我：神了！

朋友：寂寞是因为懂你的人不在。

好一个寂寞是因为懂你的人不在！

你仔细想想，朋友说的话不无道理。

那么，是不是需要对这句话说道说道？

所谓寂寞，就是孤单冷清。我就不明白了，明明是呼朋引伴而去，为什么还会寂寞？你看他们的团队非常豪华，玩得也

很嗨，一般人是不信，他们还会寂寞，说到底，是因为人。

每个人的身边，都不缺乏同伴、同事、朋友、亲人，还有那些不认识的人，常会在身边出现。问题是，这些人能不能走进你的心里，并形成共鸣，产生牵挂。

一个人爱上别人，比较容易，因为在你的一生中，必然会出现这样的人，让你心动，让你撕心裂肺，让你为他（她）会不顾一切。

一个人，很难会被别人爱。这要看你的造化，靠你的修炼。人家为什么要看上你，人家为什么要爱你，就是因为你的身上，有别人需要的东西。

最难的是，你爱上了别人，别人同时也爱上了你。这就是几生几世修来的福，不是每个人都能享用的。

我们的生活中，残缺的美很多。大多是剃头担子一头热。

很多在婚姻中的人，出双入对的，看似很美满，其实未必。我们不能去探究中间的故事和事故，但是美满的概率太低，相当多的人幸福指数几乎为零。

现在社会很浮躁，作为社会最小的单元——家庭，也不见得稳固了。家庭失和不胜枚举，离婚率又是居高不下。很多人就是不负责任地来，再不负责任地去，根本就不去想社会道义与担当。

再说了，要一个人懂一个人，就更难了。就是相爱的人，也未必能真正地懂得。

什么叫懂，就是你不用说话，也不用提示，他就知道你想什么，还能很好地去做你喜欢的事，说你爱听的话。

再简单一点，就是说的话，能说到你的心上，让你动容，如春风化雨，润物无声。你爱听，你想听，且百听不厌。

就是做的事，是你想做的，想要的，还是必须做的，让你觉得就那么的恰如其分，就那样的刚刚合适。

你得承认，这种人是有的，他就是会在你最需要的时间、地点、氛围里出现，让你唏嘘，让你感动。

你还得承认，这是可遇不可求的。有人可能穷其一生，不见得就能遇到，更有福消受。

谁都希望，和你爱的人在一起，和爱你的人在一起，更重要的是，和懂你的人在一起。但作为芸芸之众要明白，这是造化和福报，不是人人都能享用的。但是，想想也好，想总比不想强。

想好的事情，起码有个盼头。有了目标，再付诸行动，说不定会山转水转，你生命中的人，就在村头的老榆树下，在你浣衣的河边，等着你，你就赶紧回眸吧！

盲奔

昨晚和一位朋友聊天，他说人应该适时地停下来，修修身，再修修心，沉淀沉淀，利大于弊。通话后躺在床上，闭目思考，我觉得自己一路走来，就是在不断地寻找一个个平衡点，平衡到最后，啥也没平衡好，相当于一个被戴上眼罩的牛，在围绕着一盘磨子，在评价的吆喝下，盲奔！

小时候，为了让人说是一个好孩子，在成长的过程中，就会自然地舍去一些本能的东西。我是山里娃，可是我不会上树，不会游泳，不会一些男孩子所具备的本领。因为家长说，那些活动危险，做了后会后果严重，严令孩子不能去做，我也是为了做一个好孩子，就安分守己，至今都没感受过上树摸鸟、下河捉鱼的乐趣。有一年在北海银滩玩耍，大家都在海里嬉戏，而我就是一个看行李的，闹心而难受。

及长，当学生，基本是老师说干啥就干啥，老师说学啥就学啥，没有丝毫的分辨力。好像没被罚站过，好像也没有做过影视剧里那些孩子的恶作剧，当然也没有青涩的校园恋情。后来长大了，特别是自己做了老师以后，发现当年老师的许多观点和决断是错的。按照老师说的做，在社会上是行不通的，但是自己做了老师，还必须继续像老师那样去教育人，因为我们的教育目标和路径是被人设定的，是不能更改的，老师是职业人，只能是贯彻执行，不能去创新作为。

做校长，也快二十年了，除了黑丝变成白发，额头上的皱纹增多，好像也是一头雾水，没有什么作为。现在流行一句话叫“我不会了！”说实话，我是真不会了。我想写一部书，关注三十年的教育发展，可是我不敢动笔，是能力不及，更是真不敢写。一位教育界的泰斗问我，能不能说说底层的教育是个啥样子，我思考了一下，弱弱地说：“教育成了新的‘四不像’，即校长不像校长，教师不像教师，学生不像学生，学校不像学校。”他听了愕然，然后唏嘘不已。去年在北师大的一次发言中，我说了“四个保卫”（保全校长、保护学生、保卫学校、保佑教育生长），那些专家型教育家型的校长深以为然！可是回来我很后悔，自己又说鹿是鹿了。

我是一个不安分的盲奔者。按理说，盲奔是幸福的，因为你不需要方向，也不需要目标，在别人设定的道路上走下去，天黑了就歇，乏了就坐，实在走不下去了，就找一个黄土堆，靠着靠着，就溜下去，成为肥料，成为草，再生再长。

有时候我认为佛家的理论是不靠谱的，但是，当你盲奔了几十年之后，一事无成，在无法排解烦恼的时候，佛家的声音就很响亮。他在呼唤你，静下心来去认命，并将所有的不适，所有的不快抛开，抱着“人在做天在看”的思想，牢固树立“天堂地狱”观念，将自己的苦难当作修炼，为来世积攒能量，求得心理平衡。

喜欢佛家的悲悯和慈悲，心存善念，多做善事，有益身心。我的一生就是盲奔，本来很幸福，就是因为感觉到了一点光亮，不安分了，跑着跑着，偷偷看看外边的世界，所以心就乱了，造成了今天的一切。

今晚朋友的话，看似简单，有如当头棒喝，使我幡然而醒，看来修身比较简单，修心还是一件不好完成的活儿。管他呢，先睡觉，天明自然醒，也许就会了。期待好梦，好梦！

天堂的路口

天堂的路口

夜深人静的时候，或者在午夜突醒之后，思绪总是莫名地延展，意识流无规则地乱窜，扰得内心一揪一揪的。绝大多数的意识落差很大，一会儿天堂，一会儿地狱的，所以情绪波动就很大，更加难以入眠。

实际上，所有的梦幻，都是人内心的产物。日有所思，夜才会有所梦，就好像世界上没有无缘无故的爱恨一样。

我相信所有的人，都希望梦想能够照进现实，更希望梦里的一切都是美好的。没有人希望做噩梦，给自己带来不快。

人都希望自己会在梦里进入天堂，可是更多的人是进不了天堂的，至多会到达天堂的路口。

过去有句话，叫“天堂有路你不走，地狱无门偏进来”，说的是，人是要做善事的，不能作恶，因为人做事天在看，惩戒的尺子在那高挂着，不容凡尘俗子胡折腾。

我以为，能到达天堂路口的凡人，已经很不容易了，当然要进入天堂还得看造化和福报。实际上，对我们而言，天堂的路口，就是我们的天堂。

不是所有的修行者都能到达天堂的路口的。修行分两种，一是真修行，一是假修行，一个注重内在品质的修为，一个在乎外在形象的改善。

在乎外在的人，做事是给人看的。好比女人，在商场里巡视，在家里拾掇，就是要一个形象，而这个形象对自己很重要，不但心里满足，更重要的是要展示给人看，再通过别人的评价，来满足自身的需求。

而在乎内在品质的人，麻烦就少多了，只是在内心有理想、有追求，不必去考量其他的事情，相对而言就会少很多烦恼。为了天堂的召唤，“劳其筋骨、饿其体肤、然后空乏其身”，时时“三省乎己”，这是真修行！

我知道，人的造化不同，福报更不相同。有些人生下来就有一个好命，有的人一生不懈奋斗却碌碌无为。

我们现在能做的是，进行自我调适，然后适应生活。生活不会因为你长得好看就会对你垂青，因为生活不是好色之人。埋怨是没有出路的，愤怒更是伤害自己。

我号称佛家，就是说我在曾经沧海之后，有了顿悟和认识：人还得干事，必须进取；人还得做好事，必须修行。我坚信，坚持不懈的人，总是会找到机会的，也许一个转身，前边就是天堂。我更相信，经常做好事的人，进入天堂的概率要大，社会的主流是好的，那么天堂的评价标准也会是主流的评价标准。

我们都想进入天堂，这是我们每一个人的愿望。我的意思是，通过努力，能找到天堂的路口，或者大门，也是不错的结果，为了此目标，我们还得步履如铁，矢志不渝。

佛——一种向善的文化符号

因为我空间里留言，自号“佛家”，引起了一些信佛网友的围观，经常和我探讨关于佛的话题。

可我真的不是信佛之人，也从来没有去研究有关佛的各种典籍。好在我是文科出身，而且是个杂家，所以，应付一下网友们的提问，还是能糊弄过去的，而且还能被尊重，认为我真的是对佛学精研的人。

比如有一天，一位网友问：“先生，何为佛？”

我曰：“佛是大彻大悟的人。”

网友问：“何为大彻大悟？”

我曰：“所谓大彻大悟，就是看穿、明白。”

网友问：“怎么理解看穿？”

我曰：“看穿分三个境界：看穿也说穿；看穿不说穿；看穿装作看不穿。”

网友说：“然也！”

还有一位网友问：“先生，你信佛吗？”

我说：“我不信！”

网友问：“那你怎么还自称佛家？”

我曰：“我称佛家，是我看中佛的境界，佛的精神，而不是要相信真的有佛的存在。”

网友愕然，很难理解我的说法。

其实，每一个有文化的人都知道，世界有三大宗教：佛教、伊斯兰教、基督教。由此派生的教会和教众更多。而每一个宗教都认为自己是天下或世界上唯一的，其他的都是旁支偏门。三大宗教在世界上几乎是势均力敌，有鼎立之势，在中国信仰佛教的人更多。

佛教的基本教义是：人的生老病死都是苦的，苦的根源，在于人有各种各样的欲望，只有消灭欲望，才会进入极乐世界。

换句话说，佛教要求人忍让、顺从，将希望寄托在来世。得认可自己的命，认可等级。这恰恰符合统治者的诉求，于是印度的佛教，被定为国教，并不远万里来到了中国，和现在的“韩潮”一样，风靡中国。“南朝四百八十寺，多少楼台烟雨中。”就是佛教在中国流行、传播的最好例证。盛唐时，唐太宗还派玄奘远赴印度，求取真经，至今传为佳话。

到底世界上有没有神，有没有佛，我们这些凡夫俗子是不会知晓的。但有一件事是很清楚的，如果他们都成立，那么天上还得设立一个警察局，你想神也有大小强弱啊，也有正与邪啊，在同一天空行走，就会有发生误会的时候，就得有调节的机构存在，不然的话，就会乱，就会不和谐。

我们信佛，就是信仰佛的博爱思想，崇尚向善、向真、向美的力量。说穿了，佛就是一种向善的文化符号，教化人做好人，做善事。没必要将其神圣化，更没必要沉迷于神神叨叨的迷幻中，丧失自我。

如果，一个连自己都不爱的人，连自己的亲人都不爱的人，连自己周围的人都不爱的人，而天天高宣佛号，你信吗？我不是信佛之人，却绝对是做佛事的人，因为我们是教育人，我以为我们就是在做功德无量的事情，尽管平凡，亦自神圣。

眼泪——灵魂的叶子

昨晚，我做了一个梦，在梦里，我遇见了灵魂。在我的意识里，灵魂是抽象的，不可捉摸的东西，然而在梦里却很是清晰，也是人模人样的，高高大大，完完美美。和人一样，灵魂有喜怒哀乐，有情感，在和我碰撞交流的时候，流出的眼泪，瞬间变成茂盛的叶子，而灵魂也变成了枝繁叶茂的大树。

实际上，我根本不知灵魂是什么样的，是怎么来又怎么去的。平时，它依附在什么地方，在什么时候出来，又在什么时候回去？不知道它的轨迹，更不知道它的存在。

这本不是正常人想的事。

这是神人想的事。

因为昨晚入梦了，入神了，所以就梦见了灵魂。

但是，我在醒来之后思考，梦里的影像给我昭示了什么？说明了什么？

灵魂是意识流的东西，是精神层面上的，不可能用物质的标准予以度量。既然是精神层面的，就得用精神的法则去理解，就得在有精有神的时候去玩味，换言之，你得进入那个境界，才会有那样的认识。

我常想，人的眼泪是个好东西，从眼泪流出的地方、时间、形式和量，就能看到一个人的内心世界，能看透人的所思所想。

眼泪是感情宣泄的有效路径，也是最好的方式方法，悲愤是这样，高兴也是这样。如果一个人喜怒不形于色，那这个人就太可怕。大多数常人是不会这样的，丝毫不会掩饰自己的情感。

有时候，我们完全可以想象，眼泪就像树上的叶子，叶子越多，树的生命力就越旺盛。换一个角度去想，假如灵魂是树，那么它的叶子是什么？在梦境里，我看到灵魂的骚动，看到灵魂鲜活的性情，看到它的喜怒哀乐，也就明白：眼泪也是灵魂的叶子。

如果你需要了解一个人，就走进他，温暖他，感动他。挤出他的眼泪，也就走进了他的灵魂，不信，你就试试看！

过站车

每当我站在家乡的土塬上，看着一列列呼啸而过的车辆，看到小站上工作的人员、候车的旅客，我的心总是一揪一揪的，仿佛又在思考着什么。

我感觉人生就是一列过站车。从远处驰来，又向远处驰去，经过人生的几个大站，会稍停片刻，会补充给养，然后又乘风而去。对于一般的小站都是疾驰而过，不会停，也不会留，会不管不顾地向前开进。

是啊！人生是一台复杂的戏。不管在这个舞台上，你扮演的角色分量轻重，最终都会有曲终人散的时候，当你在谢幕的一刹那，你才会明白，一切的恩恩怨怨都随雨打风吹去，都会化作逝去的烟云，缥缥缈缈的，什么分量也没有。

一个人不要期望，自己的旅途会一帆风顺，也不要期盼，人生之车会因自己的存在，会停下来在小站守候。就像风雨阳光一样，不会给任何人特殊的礼遇。

我们作为一个乘客，坚定一个信念，想赶上人生的列车。除了要有一个等车的思想和态度，当列车呼啸而来时，还要抓住机遇，挤上列车，随车而行。当然，刚上车时，肯定会有很多不适应，甚至于晕车，没关系，坚持住。在列车前行的过程中，慢慢地寻找座位，由站立到坐下，由硬座到硬卧，由硬卧到软卧，在不断调适中提升自己，丰富自己，磨炼自己，成就自己。

也许你永远都是在铁道旁看车而过的农人，也许你一辈子都没有乘车的欲望，那结果只有一个：你只能在如梭岁月中虚度光阴，抑或在虚待中放任时光的飞逝。列车不会因任何人的等待而停滞，它会有规律地健康地运行。

每当我坐着列车遍访祖国的大好河山的时候，我的心中自然会升腾起一股自信和豪情，因为我是一个行者，在人生的路上有信心地行走，在人生的列车上调匀生命的多彩与质量，所以才会感到无尽的快乐。我也希望一切珍视生命和重视生活质量的人，带着一颗善心，带着一腔诚意，把握人生机遇，踏上幸福快车，走向健康，走向欢乐。

假如人有一种密码

有一次，在和几个朋友闲聊的时候，说到了人与人之间，特别是男人和女人之间的关系，很是惊诧有些男人和女人的好人缘，在那么一种看似不可能形成交集的情况下，硬是成为了一种很亲密的关系，使人在欣赏之余，满心愕然。

有时候我就在想，是不是人的身上暗含着一种密码，只要你有了这种密码，或者熟悉了这种密码，那么事情就会朝着你想象的方向前进，就会攻克看似不可能的碉堡，最终成为笑傲江湖的人。

实际上，每个人的内心并不强大，深处的东西是很柔弱的。常常人会将自己封闭在一个壳子里，就像乌龟的盖，好像坚硬无比，不可摧毁，其实不然，这仅仅是一个假象而已，只要是人，就会脆弱，就会有需求，只是你没认真地发现命门罢了。

有这么一句话：男人不学坏是诱惑不够；女人不学坏是陷阱不深。这句话是话糙理不糙，说明了很多深层次的东西。

人性的弱点，是很多学者研究的课题。但是真正知道自身弱点的还是自己。因为只有自己才知道，自己真正需要的是什么。

外人看外人，是雾里看花，只浏览于外在的东西，一般不会走进内核。心理学上有句话叫“不愤不启，不悱不发”，意思就是首先自己内心要到达一个意境，或者进入一种情景，才有可能去思去想，才会有火花的溅射，才会有智慧的诞生。

人对人的研究，或者人和人的对眼，就是一种很自然的交往。在交往的过程中，做一个聪明的人，做一个善于思考的人，做一个有准备的人，也许你就会查看到对方身上的密码，进而开解，成为和对方身心交融的人。

假如人有一种密码，也会深藏于内心，相当于武侠小说中人的命门，是不会让人轻易发现的。

假如人有一种密码，肯定需要被人破解，不然穷其一生，只能自我欣赏，不会拥有真正的幸福。

假如人有一种密码，就需要破解的人有品质有智慧，需要有爱心和责任心，需要持久的耐力，才会有灵光一闪的发现。

其实每一个人都是独一无二的产品，就像人的指纹一样，是不可能相同的。从深奥的地方说，人好像有一种密码，这是其本身区别于别人的标志。自己应该知道自己需要什么，也应该给别人一个机会，让别人知道自己需要什么，这才是最高明的人。

不要埋怨葡萄是酸的，也不要羡慕蜂蜜是甜的，掌握了好的路径和方法，就是身在迷宫也不会慌乱。用心地去爱人、做人，相信掌握密码的钥匙就会在你的手上。不信，就试试看！

像小溪一样前行

这段时间，我思考了许多以前不想、也不愿思考的问题，对家庭，对爱情，对事业，对人生，有了太多的思虑，这也许就是人常说的，老之将至的征兆吧。

但我还不服老，毕竟还在不惑之年，还有许多事情要做，要完成。孩子还在求学，工作的事还在影子里。妻子的事更多，又要经营自己的医疗室，又要照顾我这个时常“耍麻达”的人。老人家啊，全都上了年纪，身体是一日不如一日，作为“孝子”的我，有时在别人夸赞的时候，很是汗颜。

我知道重任在肩，我知道还得努力进取。

但我更明白，我不可能再像以前那样勇往直前了。我不想再当一名勇夫，不讲策略，不讲方法，不讲智慧，只知道“义”字当头，只知道讲所谓的“哥们义气”。大鸣大放的事，轰轰烈烈的事，是年轻人甚至“热血”人的事。而根据我目前的状况、目前的能量，只能是像小溪一样前行。

像小溪一样前行，就是要明白自己就是小溪。自己不是大江大河，自己出身卑微，没有那么大的做派，也没有那么大的气场。小溪就是小溪，就是山间的那股清泉，就是崖底的那股潜流，慢慢地浸出，聚少成溪，默默前行。

像小溪一样前行，就是要明白自己的力量。就那么大的流股，就那么大的冲刷力量，自己的路就是曲里拐弯，顺应沟壑向前流去。自己改变不了山的走向，也改变不了沟的形态，只能是穿沟过壑，坚定地向前、向前。道路的曲折和艰辛，远超出了自己当初的想象。

像小溪一样向前，更得有比小溪更博大的胸怀。在流动中，要不迷失，要不干涸，就得和各种水流融合，壮大自己的力量。得有一个胸怀，得有一个思想，既要融合壮大，还要不迷失自我，这是一件很不容易的事。生活中，多少人在环境变化之后，忘却了自我，是时有发生的事。

像小溪一样前行，必须有坚强的信念。到山外去，到平原去，到大河去，到大海去，就是自己毕生的追求。生活的艰难，世事的莫测，是前行路上必然遇到的障碍，是必须克服的困难。一个人，有了坚强的信念，就有了无穷的动力，就有了超然的能量，就会在前行的路上，无坚不摧，最终走向胜利。

我们不是长江黄河，我们也不会成为长江黄河。小人物就得走小人物的轨迹，走属于自己的路。不能好高骛远，不能盲目自负。向往美好，是人之常情，但还得真正的认清自己。

只有像小溪一样前行，才是我们这些小人物应走之路，才可能达成所愿。正如古人所说的“故不积跬步、无以至千里；不积小流，无以成江海”的精髓深意。

莫用别人的错误惩罚自己

昨天，有一位朋友身体不适，我去看望，在闲聊之间，她说了一件让自己很生气的事：她的领导，心浮气躁，急功近利，对一些人面上的事很在意，对一些荣誉很是在乎，经常不管她有多忙，总是要给她摊派很多与教学无关的任务，使我的同学不胜其烦。特别男女有别，她的领导总是什么时候想起了事，就给她打电话，扰乱了她的正常作息时间。前几天，又是晚上快十一点打来电话，叫给他准备一个先进材料。一是我同学情绪不好，二是手机快没电了，接了半个电话就自行挂断了，结果，第二天到了单位，领导鼻子不是鼻子脸不是脸的，狠狠地批评了她一通，说话还很难听，于是我同学一气之下，旧病复发，在家休息了。

我听了这件事后，哑然一笑：一是感到这位领导确实不像个领导；二是感到我的同学有点脆弱，这么点小事就使自己受挫成伤，生起病来。也难怪，我的这位同学，还真的是个书呆子，不会融入社会，不会融入尘世生活。这几年，工作很卖力，很累，但在那样一个工作环境中，往往很不如意，甚至于生些不该生的气。我说：“我的老同学啊！你干吗要用别人的错误惩罚你自己啊！”同学想想，深以为是！

其实生活中，每个人都会遇到不愉快的人和事，但是看你要怎么看待这样的人和事，以及怎么处理这样的人和事。

人常说，人和人差不了那么一点点。但就是这一点点的差距，结果就会产生很大反差，开始看着势均力敌的人，到后来是一个天上，一个地下。人必须得承认差距，承认人和人之间的不同之处，只有这样才能调整好自己的方向，使用合适的力道，达成自己的理想。

我们是凡人，但不要烦人。在和他人的交往过程中，要为别人着想，不要光想着自己。千万不要不管不顾地干扰他人正常的、规律的生活，如果这样你就会不停地“烦人”，成为让人讨厌的人。

作为受挫方，作为弱者，也不要事事认死理儿，讲究个子丑寅卯。还得适应当前的社会，适应当前的人。因为你改变不了你面前的人，更改变不了你眼前的社会。更不要将别人的错误，别人的干扰，变成使自己生气甚至受伤的理由，这样下去，不舒服的肯定是你，而不是别人。

我提议我们做个“三xián”之人。第一做个贤达的人，绝不将自己的不愉快转嫁给别人；第二是做个休闲的人，自己给自己的心放个假，对身外的人和事，就像看闲云野鹤一样，任其来来去去，不在心中留；第三不做讨人嫌的人，己所不欲，勿施于人。如果每个人都能听我的话，世间就会太平，起码让自己不烦恼，你说是吗？

生而命定

好像人到了一定的年纪，想的事情就多了，不管是该自己想的，还是不该自己想的，脑子总是在转动，一副杞人忧天的样子，很傻，但又不能自抑。

我知道这是上了年纪人的通病，就像“爱钱、怕死、瞌睡少”一样，是逃不脱的三个魔咒。实际上，老年人没瞌睡了，怎么来打发时间，就是想事。陈芝麻烂谷子，一五一十地囫囵吞枣地想，有的人想出了道道，有的人想出了一身病。

我不是老年人，我也不想老，还想再好好地潇洒几年，可是还是爱想，往好处说叫爱思考。有的时候，常常半夜仰望天花板，读无字书，竟然关注起了生命的轮回和无常，开始思考生与命的主题了。

我是信命的。我绝不是无神论者，也不是决绝的唯物主义者。我相信冥冥中的东西，我相信缘分，更相信造化。

在过去的几十年里，我们的主流观点对唯心的东西，是口诛笔伐的。现在，百家争鸣的氛围业已形成，各种思潮蜂拥而来，真真假假，泥沙俱下，很难说得清楚。每一种观点的后边，都有一群人，为之鼓与呼。如果不带强制，几乎没有一种东西，会稳居统领之位。

人是有生命的人生下来的，因而就有了命。生而命定，这是本人的观点，是我知命之后的思考。我不想争鸣，不想就此展开讨论。你生在一个什么样的环境，接受什么样的教育，最后干什么样的工作，享什么样的福，这基本是一个定数。

当然，人是可改变的，是可以通过自己的努力，达成许多愿景的。这同时也是我们教育人的期望。但我相信，你改变不了大的方面，定数里有的，就是你达成的；定数里无的，也许你一生也不会得到。

我自号“佛家”，不是已经得道，而是在认真寻道。知命已过，半百将至，应该知道哪些是实的，哪些是虚的，哪些是应该追求的，哪些是应该舍弃的。不该给自己设置过高的目标，也就不该给自己的心添堵。

对我的话，在路上的朋友，可根据自己的状况，选择性地接纳，不能让我的“消极”，误了你们的前程，切记！

人低成王

很长一段时间，我总是在思考这样一个问题：人，究竟怎样才能将理想转化为现实？究竟怎样才能完成自己的夙愿，达成目标？然而，没有一个理想的答案。

假期，我和别人到台湾去做教育考察，当飞机飞越台湾海峡的时候，看到两岸高山，看到中间的水雾茫茫，在别人为海的壮阔而感叹的时候，我突然灵光一闪感觉茅塞顿开，地低成海！那么，人低能否成王呢？

所谓人低成王，就是说人的目标要高，而做事、行事的方式要低。

一个人，没有成事的愿望是不行的。有人说，目标有多高，成功的概率就有多大。这句话是对的，对的原因是，愿景和目标是人前行的动力。

真正做成事的人，往往是大智若愚的，是虚怀若谷的，是将自己看得很低的。只有这样，才能知晓事情的艰难，才知道处事的不易，才更能激发自己的情商、智商，坚定不移地去闯、去作为。

我们是社会最底层的人众。没有可以传承而来的气场和磁场，也没有起承转合冥冥神助的关系。有的是自己的身体，自己的思想，自己的精神，自己的坚持。除此之外，我们是无助的人。

但是，历史告诉我们：真正的成大事者，真正改变历史的人，都是我们中的一员。到了香港，导游总会给你不厌其烦地讲李嘉诚的故事。李嘉诚的成王之路，就是从最低的地方起步的。

现在的社会很浮躁，现在的年轻人心态更浮躁。总想一夜暴富，总想一路顺风，总想不劳而获，这都是黄粱一梦。即使天上有馅饼掉下来，还得你准备好张开的嘴巴吧！

人低是无奈的，是你自己无法选择的，就像你无法选择你的父母一样。但是，起点的低，不代表将来就高不了，会永远低下去。首先，你得有改变的思想，其次你得找寻改变的办法，再加上持之以恒、勇往直前，就会有结果，就会有成就，就会在某一领域，在某一空间，在某一平台，实现你成“王”的梦想。

切记：你暂时的成功，只能是某一阶段的目标达成。还得继续心怀感恩，不忘责任，还得继续走下去；还得保持高调做事、低调做人的作风；还得不忘记在“低处”时的林林总总、是是非非；不忘记“地低成海、人低成王”的箴言，走好自己的人生路。

敏而有方

中国有句老话，叫“急事缓办，敏而有方”。这是一句至理名言，它是说，当你遇到事的时候，一定不要慌乱，要将急事当慢事来办，这样才能因沉着而机智，因机智而有方。

实际上，我们在遇到事的时候，一般都是火急火燎的，希望迅速将事摆平。集合他人的力量，让人多力量大的真理发扬光大。这也对，这是人之常理，这是一般人的处事方式。

我在江湖上浸淫了十几年，对社会上的事，见得多，自然就明白得多。近几年，我的身体出了状况，就潜心学校和家庭，成了典型的事痴和宅男。一动一静之间，恍如天上人间，落差之大令我始料未及，也就造就了一个喜欢思考的自己，打磨出了一个“佛家”、一个颇具智慧的人。

我的很多朋友都是急性子，遇事爱激动，特别是那些社会上的朋友，更是如此，只知道舞刀弄枪，只知道勇往直前，不讲智慧，不讲方法，往往将事办砸，搞得家里家外一塌糊涂。

按说，我们当教师的，应该是有脑子的人，遇事应该谨慎，应该分得清是非曲直、子丑寅卯，但实际上未必。社会的浮躁，已染进了学校这块净土。现在相当的年轻教师，心态也是相当的浮躁，对教育缺乏事业心，对学生缺乏爱心，处事缺乏公正心。

忙而出错，是大多数人的通病。 因忙而乱，因急而出错。当事情出了的时候，能静下心来，认真地想想前因后果，捋出来龙去脉，就会想出应对的办法，就会找寻到解决的路径。

我们不是圣人，我们也不必成为圣人。我们就是生活中的饮食男女，每天要吃饭穿衣，就会遇到很多麻烦和不好解决的事情。还是相信古人的话，将急事缓办，智慧地解决，就没有过不去的火焰山。

地狱之门

说着说着，就知命已过，半百将至。你不得不感叹时光荏苒，感慨人世无常。

昨夜猛地醒来，霎时睡意全无。不由得回味走过的路，干过的事，处过的人，心情繁复，难以累叙。漫不经意地，想到了天堂之路和地狱之门，这两个所谓的极端，在生活中，又那样地紧密相连，难以分解，难以排遣。

人多憧憬死后能升入天堂，更何况，古人将天堂之路描绘得引人入胜。

没有一个人愿意走进地狱之门，更何堪，十八层的煎熬，奈何桥的回望，处处难过，步步惊心。

然而，走哪条路，进哪道门，不在别人，全在自身。自己的思想，自己的行为，必将要给予评说，就像现在流行的考核一样，得给你一个结果。而这种结果的呈现，就很唯物，就很公道，绝对的两分法，要么下地狱，要么上天堂。

地狱之门，在于一念之间。一个人有了想法，有了欲念，就注定要受地火的烧烤，在轮回反转中，完成救赎。一个想上天堂的人，首先得下地狱，受尽九九八十一难，才有可能修得正果。

在修炼的过程中，要向真、向善。“勿以善小而不为，勿以恶小而为之”。在煎熬中，得有信仰、有主义。不能经不住诱惑，不能扛不住寂寞，做背叛为人初衷的事。

不要刻意地去思考将来的归宿，在意上上下下的反复。只要你在行事之时，处世之际，善念在先，为自己想的同时，也为人想，就会自然地走向坦荡之途。

一语中的

昨晚，我到朋友家聊天，一则笑话对我启迪很大。

有这么一位先生，号称情感专家，上过讲坛，出过专著，洋洋洒洒数万言，在情感天地纵横捭阖、左右逢源，拥趸者多，粉丝者众。

一日，下得乡来，民间采风，在一老农面前卖弄学识，高谈爱情与婚姻的关系。老农听了半天，蹦出了一句话：先生，你说的话俺没听懂，但俺这没文化的人知道，爱情就是你今天晚上想和那个人睡，明天晚上还想和那个人睡；婚姻就是你今天晚上和那个人睡，明天晚上不得不和那个人睡！专家闻之，顿跌眼镜！

典型的一语中的！

典型的一言以蔽之！

多么朴实的话语，道出了一个并不深奥的道理。所谓的专家，就是在媒体上，在公众场合，将简单的道理复杂化的人。

爱情是由两个字组成。情感是因爱而滋生的。既然有情，就得想，就得思念，就得拿在手上，捂在心上。爱情既是一杯酒，也是一服药。中了这个“毒”的人，恐怕一辈子都是醉醉醺醺的，不得清醒。如果没有沉醉，那这样的爱情就值得怀疑和考验了。

婚姻是爱的延续，也是爱的坟墓。这只能是对不同的人，结果不同而已。在婚姻中，爱情会转化为亲情，更多的是担负道义和责任。爱是婚姻的保鲜剂，有了它的滋润，婚姻会变得美好；没有它的凝聚，婚姻会变得寡然无味，成为一种双双必须遵守的契约。

虽然老农的话有些绝对，但的确发人深省。推而广之，我们教育人，在看待事业和职业的关系时，套用一下何妨？

所谓事业，就是今天干的事，明天还想干；所谓职业，就是今天干的事，明天不得不干。经典吧？

在全干会上，我想就这样的话题，和我的教师分享一下。我们得认清形势、明白担当、调整心态、快乐工作。反正每天都在工作岗位，就如同在婚姻岗位一样，就是要将岗位要求和自身的主动性结合起来，在无聊中找有聊，在不快乐中找快乐。

太阳每天都从东方升起，从西方落下，你改变不了，那么就改变自己。每天都乐呵呵的，向好处想，向大处想，就会想出情感来，就会想出爱与责任。就会由不得不做，到自己爱做，这不是更好吗？

单程旅行

人的一生究竟是怎样的一个行程，恐怕千人会有千种答案。然而，有一点却是恒久不变的，人生就像是单程旅行，有起点，有终点，绝对是不可逆的。

这段时间，我的思维很活跃，也曾跟很多朋友谈及这一点，不知是祸是福。我就是这样一个人，在思维方面，总会有较长的沉寂期，也有暂短的活跃期，好像思维如做酒一样，总是在酝酿发酵，酝酿发酵，而不经意间，一个偶发的导线，就会点燃一次思维火山的喷发，就会有整盆整钵的清酒流出，芬芳四溢，醉了别人，也醉了自己。

所以，在思想的飞翔中，我会时常回头，看看走过的路，俯视人生际遇，突然间有了一种感慨，抑或是感悟。感觉人生就像一趟单程旅行，从起点出发，心情好也罢，坏也罢，只能向前走，速度可以控制，终点不会变。而在这趟旅行中，作为旅行主体的人，就要有方向感，节奏感，尊重规律，尊重科学，不蛮干，不盲从，不违法，轻装上路，方可在快乐中，在欣赏路边美妙风景的过程中到达终点。

伟人也好，凡人也罢，在这趟单程旅行中注定会有阳光雨露，风雨雷电，是别人无法替代的。自己的路还得自己走，不要过多地倚重他人，即使无数次摔倒，只有自己先爬起来，才能完成人生的每一次超越，自省，自新，自强，慨然前行，总能在旅程中看到阳光，看到风景。自暴自弃的人，想走捷径的人，一夜暴富的人，只能有短暂的得意，没有终生的欢乐。这样的人，即使到达终点，又有什么意义？只是一瓶劣质白酒而已，虽能醉倒，却品不到人生本身的甘醇，芳香。还是活得简单一点，只有简单才有价值。

当我看到那些昔日站在权力之巅的人，和我一同在菜市场讨价还价，一同骑着单车穿流于大街小巷时，他们的脸上布满惆怅，而我的心中却洋溢着一种快乐，一种坦然、一种踏实。延伸一下思维，百年之后，在终点相遇时，我们同样是赤裸裸的，只剩下一把骨灰而已。在人生的旅行中，应该用自己的爱心、善心，去感化和教育身边的年轻人，帮助自己身边的人，“不以物喜，不以己悲”，那是一种境界；“勿以善小而不为，勿以恶小而为之”是前人告诉我们最朴实最简单的做人标准。希望所有的旅人常记心上，并付诸行动。

不哭不笑

我最近在《读者》上看到一篇文章，是说一个眼科医生在给病人看病的时候，始终是一个表情，不苟言笑。一个患者，在他跟前看了半辈子病，还以为他真的不会笑，结果在一个饭馆里，见到医生在喝酒，在大声地聊天，很是惊讶！她和医生打了声招呼，医生满脸笑容地向她问好。问之详情，医生说：我的不哭不笑，是为了看到你们的哭和笑啊！

我掩卷细想，还真的有那么一些道理。你想：一个眼科医生，揭开纱布，就是宣判。为病人宣判，同时也为自己宣判。前一个手术才失败，后一个病人在等待动刀，你能沉浸在刚才的失败里吗？

不为一次病人手术成功而自鸣得意，也不为一次的手术失败而萎靡伤心，这应是一个好医生，或者一个名医应具有的心理素质。

推而广之，一个真正强大的人，应是喜怒不形于色的人。换言之，就是不把自己完全裸露在别人的眼光下，应学会深沉，学会隐藏自己。

间谍的培养，我想这门功课是必修的吧！让人看不着，摸不透，找不到死穴和命门，才是自保的不二法门。

我们提倡做真实的自己，并不代表要在任何人面前，在任何场合，都要有表现欲，都要争着说，抢着做，没有一丝一毫的隐忍。

刘备和曹操在煮酒论英雄的时候，枭雄曹操言语是那样的飞扬跋扈，气势是那样的咄咄逼人，可刘备就是不上钩，就是装聋作哑，顾左右而言他，装低迷猥琐，装胸无大志，最后养精蓄锐，鼎立于三国之间，成一方霸业。

我们是普通人，没有英雄们、伟人们的谋略，更做不了他们的大事。但是，控制自己的情绪，做到不哭不笑，还是有可能的。

生活中，有太多的不如意，也有太多的小得意，整天将这些挂在脸上，就是真男人、就是真性情吗？其实每个人的心中，都应有一本账，都应有一个算盘。哪些该高兴，哪些不该高兴，哪些在人前高兴，哪些在被窝里高兴，都是你自己的事。不要啥事都挂在脸上，而要装在心里。

人生如水

关于人生的理解，是仁者见仁，智者见智的。作为社会中的一个极普通的分子，一个普通的人民教师，本是没有资格谈论这个重大命题的。可是，知命已过，半百将至，一生沉浮，竟也有诸多感悟，至于对与错，是与非，只能等后贤来评说。

我感觉人生如水，这是恰如其分的一种解释。当然，这也仅仅是我的个人之见，“白家”之言而已。

其实，人生有时就如潺潺溪水，从生命的这头汩汩流来，又叮叮咚咚向生命的那一头流去。在人生的这条河中，会有许多风景，会有许多欢乐，令人驻足，令人流连。这是最美的人生之旅，在春风的轻拂下，在美丽的图画中，且行且远，且歌且舞，真的令人幸福不已。

有的时候，人生是大江大河，抑或是高山飞瀑，是那样的跌宕，是那样的威武，是那样的大气磅礴。这不是普通百姓的人生之旅，这是成功人士的成长之路。不管最后成王成寇，总之，这个过程就足以震撼人心，使人艳羡不已。成大事者的人生是起伏的，是伟大而坚韧的。

当然，人生还会是一湾湖泊，是一片大海。在春和景明之中，在风清气正之下，这湾湖泊，这片大海，胸怀广大，深邃而伟岸。这是有福禄之士的人生之路。有时候，这条路是传承而来的，不需挣扎而得。从生到长，在这样的环境中，会自然而然地产生一种气场，摄人心魄。这不是创业者的待遇，高官大贾的传承者才能居之享之，对一般人而言，是可望而不可即的期盼。

有的人的人生就是一滴水或一捧水，如果将他融入大江大河，他也能随之澎湃。如果将他置身沙漠，置身于黄土高坡，他的命运就会有危机，随时有被蒸发掉的可能和危险。而我们这些普通人，就是水滴的命运。聪明的人，善于保护自己，还能不被蒸发；无智慧、无力量的人，则处处坎坷，处处危机四伏。

我今天发这样的感慨，也是我半生浮沉的感悟。也许有人持不同观点，没关系，这本是个人之见，但我还是固执地认为：人生如水，浮载难知。唯有自身争强，才可能不被蒸发，运气好的话，能融入大海，也许还有更为广阔的前程。

今世永远难“永远”

当了几年单位负责人，经常参加同志的婚礼，经常应邀讲话，重复着一个又一个的祝福。看到一对新人走进殿堂，面对《圣经》，或面对亲朋，宣下誓言：今生今世，永永远远，相扶相守，白头偕老！我的心又是激动，又是难过，这样的承诺价值几何？看惯了前世浮云，洞察了今生是非，使你不由得不发出“永远难永远”的慨叹。

你说承诺对于今生今世的人们，究竟是什么？是掩耳盗铃，还是真诚守候？在今天，恐怕没有一个人说得清。现在社会上流行着一句最不值钱的话：我用自己的人格担保！社会进步的神速，价值观取向的迷离，谁还能真的在乎，或傻傻地相信那一声声撕心裂肺的誓言。

看着身边的家庭一个个从合走散，看着他们形同路人，甚至水火不容的背影，回想起他们在隆重婚礼上的庄严承诺，真的是心惊胆寒。越发怀念起中国传统的先结婚后恋爱，先成夫妻再成亲人的模式，没有先前的海誓山盟，也就没有今生今世无边无际的怨恨和伤害。

青年人在入团和入党的时候，每个人都必须庄严宣誓：为事业奋斗终生！然而那么多的贪官污吏，那么多的投降叛节丑行，是他们将“永远”变成了瞬间，将党证团票变成了通行证和敲门砖。背叛就背叛了，还要给世人讲解，给他人炫耀：“良禽择木而栖”，“识时务者为俊杰”。反正话都由他们说了，事都由他们做了，成王成寇，只有待后人评说了。

国际上有这么一句话：没有永远的朋友，没有永远的敌人，只有共同的利益。这话说得好！赤裸裸的言语道出了一个万世不灭的道理：生存之需，远高于政治信仰，远大于空洞的口号和说教。

我给我的朋友，我的同事讲，要知道“你是谁”，还要明白你“为了谁”，更要做好现在的你自己。

做好自己，就是现阶段最好的承诺。学习他人，宽容他人，充实自己，强大自己，做一个生活的强者，做一个对别人、对社会“有使用价值”的人，也只有这样，才能充分体现自己的“价值”。

不要迷恋空洞的承诺，不要将“永远”挂在嘴边。要想永远，就必须从每一句话开始，每一个脚步开始，每一件小事开始，做好“永远”的姿态，树立“永远”的信念，不被别人左右，不为利益折腰，虔诚地护好心中的那盏佛灯，千年不灭，亘古万世。

角度与是非

现在电视荧屏上，家庭剧收视率爆棚，究其原因是说了很多观众的心里话，探讨的话题也是身边的事、身上的事，所以就格外吸引人的注意力，容易引起共鸣。

家庭的矛盾，最主要的是婆媳矛盾和夫妻矛盾，这两种矛盾还都没有一个很好地解决办法。这就像时髦的语句“战略合作关系”一样，是离不得见不得的两个主体，很难判定谁是谁非，只能从不同的角度去看，从远近亲疏的关系去看，做出不一定公允的答案。

很多名人哲人说过“家不是个讲理的地方！”这话的对与错姑且不说，但真实的状态就是这样。在家庭里，没有绝对的对与错，也没有绝对的是与非！

当一个男人生活在两个女人（母亲和妻子）之间，特别是两个有着不同生活背景、生活习惯、生活信仰的女人之间，夹板气是自然不可免去的。世上最大的战争就是对人的控制和抢夺，那么母亲和妻子对自己的争情夺爱，也会在不同的家庭，上演着不同的悲喜剧。

你很难说谁对谁错，也无法评判谁是谁非。特别是身在夹缝中的男人，更是无法平衡和解决这个矛盾。不受气的男人也有，一是这个人太过强大，其他的人都是附属，二是智慧超群，具有很好的掌控力和平衡力。

人的天性是自私的，总爱为自己想，总喜欢从自己的角度出发，先入为主的心态，必然养成唯我独尊的性格。男人还说得过去，到了女人这儿就绝对不行了，自己永远有理，自己事事有理，仿佛理永远长在自己的身上，自己就是判断是非的法器和公尺。

实际上有很多问题，本就不是问题，是有问题的人在看、在想、在做的时候，变成了问题。很多人总是在检查他人，给别人找寻缺点和不足，唯独忘记了反省自己。

换个角度去看问题，很多问题就不成问题；换个角度去处理矛盾，很多矛盾就自行化解。

换位思考的话说了几千年，但是落到自己头上的时候，就忘记了。人前一套人后一套、当面一套背后一套的大有人在。今天写这篇文章是有感而发，但绝对不是说自己就超然物外，高尚得不得了！自己也是小男人，也有普通人的情怀和做派，不过就是能反省自己，知错能改而已。我希望的是，任何人都不要一根筋儿，一条道跑到黑，应该适时的歇歇，回顾走过的路，做过的事，简单地做点调整，才不会对身边的人产生“善意”的伤害。

梦 话

梦话一般是指人在做梦的时候，不自觉说出的话，于是也就有了痴人说梦的说法。可是，这一段时间以来，自己在自觉不自觉地思考一些问题，自言自语地说一些谁也听不懂的言语，这也许是我在大白天说的梦话吧！

上周的一天，和原来的一位同学聊天，她说了一句话，使我至今眼热心伤，唏嘘不已。她说前天中午回家吃饭后，有点困，不知不觉就坐在沙发上睡着了，猛地感到头皮一痛，睁开眼来，看到年迈的母亲在为自己拔头上的白发，一时情难自抑！

由此我想到了已经离世一年的父母亲，想到了即将到来的农历十月初一。我对父母的思念与日俱增，也就是这一段时间，每一个晚上都会失眠，都会回到梦里，回到家乡，回到曾经的那段难忘的岁月里。

在梦里的时候，唯一能做的事，就是自言自语、自说自唱。好些事就像电影里的蒙太奇，就像文学里的意识流，忽地来了，又忽地走了，好像留下了什么，又没有留下什么，令人更加难受。

昨天我写了一首诗，名字叫《思念藏在夜的深处》，一位叫远方的朋友，看了后流着泪和诗一首，相当地震撼。我知道，这是我的朋友知道我目前的思想状态，知道我这一年来始终走不出对父母的思念，入情太深，难以自拔。我也是流着泪看完朋友的诗，昨天夜里，更加的睡意全无，面对夜空，自叙自叨，无声地说了许多没盐没醋的话，我知道，这些话只有在天堂的父母能听懂。

“你在那头/我在这头/思念是条走不完的路/无法相见/只能倾诉”。

“小村在梦里/老屋心中留/母亲在灶台/父亲在地头/一缕炊烟随风起/梦里依稀人依旧”。

“天堂有无路/可渡相思舟/山高水应远/大河向东流”。

“灶台炊烟升腾起/一袋烟杆挂床头/一年一度秋风劲/满山霜叶映白烛”。

这些诗句，像无言的罡文，无逻辑地交织在一起，升腾在我的心腹。男儿不落泪，只是未到伤心时！痴人说梦话，是真的情到深处呀！

看　穿

苏岑说："看穿有三种境界：下者，看穿也说穿；中者，看穿不说穿；上者，看穿却装看不穿。"我深深地玩味这三种境界的优劣、多寡，却感到在中国，什么事都容易，要揣着明白装糊涂，确实是一件很难的事。

看穿也说穿，我相信这种人很难拥有长久真挚的朋友。所谓朋友，"白氏理论"是："有一定距离的亲人"。像亲人但绝不是亲人，还没有到水乳交融的程度，也没有到什么话都可说，什么事都可做的境地。我曾经形象地说过："朋是两月相对，终生守望。"一位挚友认为很是精辟。正因为是朋友，正因为还有那么一点点距离，就不能肆无忌惮，率性而为，可以无话不说，无话不谈。如果你那样认为了，那样做了，你和你的这位朋友的关系也就到站了，因为任何人都有不可让人知、也不可让人说的隐秘。

看穿不说穿，这样的人大有朋友缘。能看穿说明这个人有脑子，有眼光；不说穿说明这个人有心。看到了，应该说的就说，应该大说特说的就夸张地去表演；不应该说的，或不方便说的要三缄其口，不点破是应该的，也是必需的。我和哥哥小的时候，对待村里的人，对待表兄表弟，哥哥总是赤心一片，对看不过眼的人和事，爱仗义执言，最后得罪一片；我多上了几天学，心思相对缜密，知道哪些应该说，哪些不应该说，或者说了也没作用，倒混了个广有人缘。

最要命的是看穿了却装看不穿，这种人的心机太重。一般来讲，这种人都是干大事的，知道什么叫“大智若愚”。历史上这样的人很多，比如：周文王，明知道纣王叫他吃的是自己孩子的肉，还是装作什么也不知道，隐忍地吃了下去，于是就有了大周八百年的江山。心有所图的人，就是这种能看穿却装作看不穿的人。

我们是凡人，很难做到揣着明白装糊涂。我们没有那么大的心机，也没有那么大的愿景和目标。只想做一个普通人，做一个心不累的人。我们知道能看穿却装着看不穿，那是一种本事。我们一辈子也练就不了这样的本事。

那么守好自己的一亩三分田，照顾好自己的老婆、孩子、热炕头。和人相处，和朋友相处，多一份诚心，多一份爱心，多一份宽容和理解。爱惜自己尊重他人，这应是处世为人的最好原则，也是最高境界。

文人相轻谁之罪

自古以来就流传着这样一句话：“文人相轻！”这句话在很大程度上反映了文人的一种状态，这种状态既是工作上的，也是生活上的，说到底是心态上的变化。也就是这句话，数千年来啊，给中国文人扣了一顶大帽子，而且是一顶很不好的大帽子。那么，同样作为文人的我，有时候就在思考：究竟这文人相轻之罪属谁？是社会之过，还是文人之错？然百思不得其解。

昨天，在和我县一个青年才俊谈论有关文学的话题时，不经意间又说到了这句话，就像一根针深深地扎在了我的心上，使我意识到这已是文人们一个绕不过的话题，也是迈不过的一道坎。我在思索，文人相轻，这好像不单单是文人独有的标签和专有的劣根性，放开眼光四处搜索，这个毛病在很多领域、在很多人的身上都存在，只是没成气候而已，只是没被列为恶习而已。

文人之所以相轻，就是因为文人爱较真，爱将一件事弄个水落石出，不愿厚黑，不愿遮遮掩掩。就一个话题，就一篇文章，爱各抒己见，爱谈出个人观点，哪怕是一家之言，哪怕是个人意会，也要说出来，也要争个脸红脖子粗。有的时候，意见相左，话不投机，就落了个谁看不起谁的话头，就落了个文人相轻的毛病，也给那些专会和稀泥抹光墙的人留下口实，留下谈笑的把柄。

在中国历史上，有两个文化繁荣的时期，一个在春秋战国，一个在五四前后。在那个时期，有很多各领域、各学派的人出来发声，可谓百家争鸣、百花齐放。因而产生了许许多多伟大的人物，对于推动历史进程起了莫大的作用。特别是文人，产生很多“家”，很多引领时代潮流的人。他们居功至伟，成了后人敬仰的人。

如果说他们没有争鸣的思想和勇气，如果他们没有“相轻”的意志和品质，就很难有那些伟大的成果，也就很难有对国家、对民族的贡献。

当然，不是说文人相轻就什么都好。社会对文人的看法也从一个侧面反映出了文人的不足。有些事情，还得从大处着眼，还得简单明了，不宜拖泥带水。除学术外不能对任何事情都引经据典，强求一个所以然，要辩证地看待生存和发展，以及发展中的一些“舍弃”。不能成为历史进程中的绊脚石。对同行的成果，要批评，更要包容，要有一个胸怀，要有一个气度。

说到底，文人相轻绝不是文人的独家之罪。这和社会的各色形态息息相关，更多的是社会的责任。不能对文人的这一习性横眉冷对，更不能口诛笔伐。文人相“轻”有不好的一面，何尝不是相互争鸣的一种方式，是促进发展的必然选择。只有相“轻”，只有争鸣，只有互质研讨，才能真正地促进学术发展，社会发展，你说呢？

观　念

前一段时间和一位朋友聊天，谈到她家里的事，她的语气中透露着疲惫，而在疲惫中又透着幸福。

有一次，我到了她的娘家，见到的状况就像集市一样，人欢马叫的，热闹非凡。坐了一会儿，我就找了个借口溜出来了，惯于清净的我，着实受不了那种热烈的场面。

实际上，她的一家人我都很熟悉，姊妹几个，最后努力出来的是她弟弟。所以一家人就惯着宠着她弟弟，到了该成家的时候，又是倾全家之力为其操办。后来生孩子了，第一胎是个女孩，于是乎就全家动员。生了第二胎，是双胞胎男孩，更热闹了，四个大人，除了上班之外，管三个小孩，还真是忙碌。更别说到了周末或节假，姊妹几个的孩子家人齐聚娘家，你说家里不像集市才怪。

我和那两个老人闲聊，问他们累不累，回答是：累！但高兴。我想这恐怕就是上了年纪人的思想观念吧！

过去农村人，家里没有个男孩，好像就断了香火一样，在人前抬不起头。更何况繁重的劳动，也必须有一个能出大力的人。可是现在，农村很多东西都发生了变化，人力已经不是决定贫富的要素，这个观点也应该改换一下。在城镇，一个孩子从出生再到工作、婚嫁，需要付出的相当多，孩子多了是会使人压力倍增的。

我非常羡慕现在的城里人，一家一个孩子，尽心地培养，大一点了，每到闲暇时光，总是呼朋引伴地去赏美景、吃美食，尽享人间幸福。给孩子上学的钱不愁，给孩子买房的钱不愁，给孩子办事的钱不愁，即使孩子命相一般，日子也不会差到哪里去。

如果说，过去男孩女孩不一样，现在几乎没有什么区别，还别说，现在社会进化成了女孩子比男孩子更靠谱、更中用的局面。在如今的生活中，个人的幸福指数，已经是衡量社会进步的一个重要方面。

中国人有重传统的观念，这是好事，因为很多传统的东西就是精粹，必须传承。但是，有些还需要与时俱进，不能刻舟求剑，或者守株待兔。比如，关于儿女的问题，还是要看家庭情况量力而为。

我的一位很好的朋友就是这样。过去很艰辛，通过努力，娶了妻生了个女孩，在县城买了房，家庭建设走向了正轨，到了能享福的时候了，可是观念作祟，又让妻子生了个二胎女孩，现在又累得跟牛一样。

我不知道，该怎么和他说这样的话，反正是一个人一个思想吧。中国人有个习惯，就是为别人活着，特别是为子女活着。自己的一生只知道付出，只知道辛苦，而不知道自己也应该享有幸福。

佛家将希望寄托在来世，我们凡人应该将希望放在什么地方？这是一个不好回答的问题，但是，我愚钝，认为还是先扫屋子再扫天下吧！自己不舒服而盼望别人舒服，自己不幸福而希冀别人幸福，这不是自欺欺人吗？看来，老祖宗的有些观念，还得适时地变变，不是还有句话叫“变则通，通则久”嘛！

别人的眼睛

这一个月来，每当走进校园，就会被花园里次第开放的花儿吸引，感动得小心脏颤颤抖抖的。

文姬中学曾经以园林和花园著称，但我来的时候，却看不到花朵，满眼都是树木，葱郁而繁茂，不成层次，没有美丽的构图，使人看着难受。于是，我就要求后勤管理部门，请来能工巧匠，对花园及校园内的树木，来一次“理发”。

首先将花园周边高过人头的冬青，剪裁到膝盖以下，让花园的景致一览无余。再将花园里的树木，有计划地移栽、疏剪，深翻园内土地，种上绿草，对校园内的所有法桐进行断头护枝，对园内的仅存苗木，设计挂牌展示。这样一来，夏秋冬三季走进校门，给人一种晴朗的感觉，从外形上给人一种精气神。

真正让人眼睛一亮的是春季，从杨柳抽芽开始，花园里的苗木，在积蓄了一冬的能量之后，陆续向人们展示自身的美丽。

首先开花的是玉兰，两树白一树红，争相开放，引来观花的人潮涌动，紧接着就是杏花、丁香，白得耀眼，红得鲜亮。上一周，樱花开了，满树的繁盛，人还来不及饱览秀色，碧桃也开了，而且就开在樱花旁，我真的傻眼了，简直无法用言语评判谁更美丽！

我看着校园里次第开放的花朵，感受满园春色，不由得就想到了一个问题：花儿自己知道自己美丽吗？

花儿能像一个美丽的女人自我欣赏吗？美丽的女人的沉鱼落雁之色，闭月羞花之容，能从别的物件中映射出来，看到自己，那么，花儿本身会感受到自己的风采吗？

说穿了，有些东西是美丽高贵的，但其自身，并不一定知道，或者不全知道。自己身上的优点和不足，往往会通过别人的眼睛，发现并反映出来。在传递的过程中，自己才知道自身的价值。

早上，和一位朋友聊天，偶尔也谈到这样的问题，朋友是很美丽的，但是不知道是自闭还是自卑，总是对自己缺乏信心，常常有恍惚的臆想。对此问题，我很明了！所以我就很直接地多次给予她鼓励。我说我有一双善于发现的眼睛，对美的事物绝不忽视，因为你的美丽，所以就更加关注！

由此可想，在生活中，不能忽略别人的眼睛，哪怕是不怀好意的眼光，哪怕是惊惶失措的回望，也是对你的关注和欣赏。美，本身无错。要知道美，还需别人的帮助；要保持美，更需自身的养护和淡定。

半山腰风景

金秋十月，有幸伴几位友人走了趟红色之旅，走进了英雄城，登临了庐山、井冈山。无论是红色情结或是绿色美景，都引起了心灵的震撼。几十年的夙愿一旦达成，心中的那个美啊，是无法用语言来表达的。

特别是在庐山，走访了锦绣谷，登临了仙人洞，攀上了“无限风光在险峰”的伟人峰，真是痛并快乐着。在经历了腰酸腿疼，吁吁气喘之后，看到了最美的风景，真有“会当凌绝顶，一览众山小”的快意和情怀。然而，美中不足的是，一位最好的朋友却因为恐高，不能登上险峰，只能在半山腰驻足。当我们为他惋惜、遗憾的时候，他却说出这样的话来，令人心灵震动：险峰有险峰的秀色，半山腰有半山腰的风景。

好一句半山腰有半山腰的风景！

人的一生是有很多愿景的，但会被各种因素影响和制约，不能将所有的愿望都达成。只要你在路上，你在过程中付出，你就会有收获，就会有成就感。不是每个人都能走向辉煌，不是每个人都有登顶的条件和机缘。与其空羡他人，不如脚踏实地做可能可为之事，享受在路上的快乐。

小时候读古诗：“春色满园关不住，一枝红杏出墙来。”总是难以理解作者的情怀。后来当了老师，在孩子们的课堂上和学生分享美文的时候，却茅塞顿开，懂得了一叶知秋的故事，理解了一枝红杏和满园春色的关系。在生活中，真正能看到满园春色的人是很少的，相信绝大多数有理想、有追求、有阳光心态的人，在看到一枝红杏，一片秋叶时，会在脑海里，在心幕上画出心中的愿景，染出最美的图画。

我们是普通人，我们不能没有登高的愿景，但我们更应脚踏实地，说好每一句话，干好每一件事，走好每一段路。哪怕人生的旅程只能到半山腰，也会在路上，在半山腰看到属于自己的风景，这样就不会抱憾终生。

我们反对空怀激烈的人。我们鄙视思想的巨人，行动的矮子。不想在过程中付出，只想走捷径，用不正常的手段摘取果子，是很难获得成功的，即使侥幸得手，也会受到正直人的唾弃。

欣赏半山腰的风景是我们大多数人的追求。在阳光的心态下，在快乐的求索中，珍视每一份付出，珍视每一份感动，也是一件很快乐的事，你说呢？

学会忘记

曾经有一句话："忘记过去，就意味着背叛。"这句话很厉害，给爱忘记的人加了一个罪名，定了一个性。于是在很长的一段时间，直至现在，人们对过去所发生的一切都牢记于心，不敢忘怀，所以普遍感到很累，很疲惫，很揪心，很压抑。那么要使自己活得轻松，活得潇洒，活得快乐，活出人生真味，就应该改变改变，学会忘记。

学会忘记不是一件很容易的事。过去发生的一切，往往都历历在目，纠结于心。要说真正能学会并做到忘记，还是需要有一定的素质，甚或一定的能力和魄力的。

男人要比女人容易忘记过去。男人这一特点往褒义上讲，叫会创新，善求索，爱推陈出新；往贬义上讲，叫喜新厌旧，对过去的事易于抛过脑后。而女人则不然，记忆力超强，一针一线，一点一滴，都铭记于心，烂熟于胸，特别是情感方面。要让女人忘却过去，的确是一件十分困难的事。

学会忘记，首先要忘记苦痛。人的一生不容易，不管是伟人还是凡夫，都会遇到不同程度、各种各样的厄运和灾难，都会有难忘的尴尬和不快。忘掉这些就是忘记梦魇，抹掉阴影，让自己重新整装待发，轻装上路，这样有益于心，有益于身，更有益于行。

学会忘记，还要忘记情缘。任何人在生命的旅途中，都会遇到一段或几段刻骨铭心的人和事，而在中国，有情人未必能终成眷属，陪伴你走完一生的未必就是你的最爱。那么在生活中你不能老沉湎于过去，纠缠于情结，而忘记了在生活中，在家庭中应有的担当和责任。上山打柴，下河脱鞋，在哪山上唱哪歌，才是清醒的，也是明智之举。躺在自家的床上，想着别人家的人，这合适吗？所以忘记不是忘情，更不是绝情，而是为了善待眼前的人和事，珍视现实中的幸福。

学会忘记，更重要的是忘记荣耀。人在生活的某一个阶段，通过自己的努力，可能会取得一些成绩，得到认可，获得荣誉和光环。现在有相当一部分人，总爱躺在过去的荣誉上睡大觉，谈到过去，眉飞色舞，志得意满；谈到现在，谈到未来，却是满腹牢骚，一声叹息。这样的人，心不宽，寿命也不会太长，他活着的每一天都是意乱心烦，难觅快乐。

学会忘记，是要学会忘却过去的快与不快，而那么多的快与不快，说穿了都是身外之物。总结过去，是要留下来一些有益有用的东西；思考未来，重要的是以健康的思维，阳光的心态，进取的精神，去做有意义的事。我希望我们这些普通人有一颗平常心，忘掉他人非分，坚守自己本分。忘掉一些该忘的东西，更阳光、更健康、更轻松地走进快乐，走进幸福，走进未来。

迷信能信吗？

几十年的人生经历，还是对一些事情感到不解，想不明白还爱想，反倒搞得人焦头烂额，不知所措。

实际上，人们将世界划分为精神的和物质的，是对的，这两者共同支撑着这个世界。可是，人们对精神和物质都是有需求的，没有一个人会割裂开来，只要一个方面，而忽视另一个方面。

关于先有物质还是先有精神，这就和先有鸡还是先有蛋一样，是个扯不清的话题，总之，这两者是必须统一存在的。人们往往在物质有了一定的基础后，对精神的追求才会更多一些。

说到精神，也就会说到一些神神叨叨的东西，说到一些扯不清理还乱的念想，往往会给人很多启示，也会给人很多苦恼。反正是说不清楚，所以就更爱深挖，久而久之，就陷进去了，成为一种精神病。

我就是个爱思考的人，往往也有许多奇思怪想，在脑子里反反复复地折腾，就像古代武者在练内功，想打通身上的奇经八脉，往往久战不下，反而更加痛苦。

人们将解释不了的东西叫作迷信，或者暂时叫作不科学的臆想。而我就爱钻牛角尖，就爱思考一个问题：迷信能信吗？

所谓称之为迷信的东西，就是暂时解释不了的事情。暂时解释不了不代表将来解释不了，所以就不能一棍子打死，认为都是错误的。相信有些东西，将来会有一个很好的舞台来揭示的。

对于未知的东西，特别是和生活联系不紧密的东西，本就不该去入迷。往往沉迷于此的朋友，大多是无所事事的人，不忙碌的人，或者叫作精神空虚的人。人对事情的执着必须有个度，无度即沉迷，搞不好就会神经。

做梦是好事，爱想也是好事，但不节制就是坏事。如果想了不该想的事，还要坚持不懈地去想，这不叫毅力，这叫神经。

有些东西留存在心中，会对生活多一份希望，多一丝憧憬。科学也好，迷信也好，能让心思动起来，本身就是一件好事。我不反对臆想，但也不沉迷于臆想，对于迷信，就应该像对神灵一样，信则有，不信则无。

后　记

原来的想法是，这本小书就让它小下去，模样精致，身子轻灵，不加修饰，不背负责任。没有作序，也没有后记，就这样简简单清清爽爽地落地而生。在做最后的校对时，我发现有三篇文字还不太合拍，我就索性撤下来，于是就改变初衷，添加了序，同时呢，再写几句话，对这本文字有个交代，也算是后记了。

说实话，我写文字是不自信的，教了半辈子书，越教越胆小，越读书，越知道自己的“腹中空”。年轻时，爱诗歌，也写诗歌，但坚持了几十年，因为从来没有给刊物投过稿，就没有成为诗人。时间长了，年龄大了，也就写得慢了，转而去弄一些散文。总是觉得散文门槛儿低，好下手，后来知道错了，确实是易学难工。我将名家的一本本散文集子，醒时拿在手上，睡时当作枕头，还是学不到大师的神韵，也做不到让自己的散文有个标签，让人记住并认可。

这些年写了一堆东西，也算是一点心血，没事的时候翻翻，常常会感动自己，偶尔晒出去，还能有人喜欢，于是胆子就大了，有了“文化自信”，开始整理自己的东西，很纯粹地划分，不做一锅烩。关于老家汤峪河的，准备出个《汤峪河散记》；关于汤峪河外的，就弄个《白云深处》；诗歌呢，收集在《悟》里边，有机会就做出去；由于爱思考，写的随笔就多，计划做一个自选集《白话》，再做一个精选集《百味》。没想到的是，计划不如变化，《白云深处》出来了，反响不俗，《百味》也出来了，走在了《白话》的前头。

《百味》里边收录的文字，都是带有观点性的，绝不是简单的文字铺排。我经常这样想，随笔就是说看法讲道理，就是你要说得通，能被人接受或者认可。怎么说是你的事，但是说不明白就不行，更何况，你不能率性而为，想说啥就说啥，想怎么说就怎么说，除非你不怕被打嘴。红尘中，有苦有乐，有黑有白，你是局中人，你也不会说得太透彻太明白。一般人，希望跳出三界外不在五行中，那也只能是个愿望而已，当然哲者和智慧，是比我们能拔高许多，认知也不是一个层次一个境界。这也是让我们仰视的地方。

《百味》里的文字分为四辑：“男人的风度”，“女人的微笑”，“生活的味道”，“天堂的路口”。这个排布是很有意思的，尘世是由男人和女人构成，他们的爱恨交织，就是一幅幅活色生香的浮世图，在男人眼里，女人应该是啥样子，在女人心里，男人是什么东西，恐怕是人人不同吧？另外，男人女人得过日子，生活的味道该怎么品尝，怎么改善，这也是一个大命题。现在人的日子好了，饭饱就会生事，就会想一些过去不想的东西，譬如你是怎么来的？譬如你会到哪里去？人死后有没有天堂地狱，如果有，天堂的路在哪里？地狱的门在何方？有时候想归想，想也是臆想。但是，在任何时间，思考总没错，起码让脑子活动活动，不至于生锈。

我是很在意这本小书的。将它做小，是就体积而言，不想让人拿到手里有负担，随便插进行囊，放置案头，很容易特方便。说心里话，我是希望有人喜欢的，也希望能给人以帮助。

自己虽未人老成精，毕竟阅历丰富，见过的听过的多，还爱思考，说出来的话，写出来的东西，总是有那么一两句是让人受用的。一个人最好的状态是，做好自己影响他人。我觉得自己目前的状态正好，无欲无求不假，还有满满的正能量，是可以影响他人的。人还说文字千年，就是说好的文字是会流传的，我有自知之明，不敢百年千年，就是在当下存活一小会儿就好。任何文章都只能共振一部分人的心灵，我想和我一样的教书人不少，和我一样经受过苦难的人不少，和我一样还坚强活着的人不少，那么，他们看见了，读了，喜欢了，共鸣了，就是这本小书最大的福报，不求其他，仅此而已！

我是不会编辑文字的人，我得感谢张静老师、南小玲老师、马晓毅老师，是她们让我的文字变成了电子版，变成了公众平台上的文字；我得感谢黄海先生，是他让这本小书这么快就出现在大家的面前；还得感谢我的文友邢小利、仵埂、孔明、吕志军、杨贤博，是他们的鼓励让我写下去，好好写！感谢一切和这本书有关的人——我的亲人、我的朋友、我的读者，我口笨语拙，只会说声谢谢！最后更得谢谢我自己，几十年来不忘初心，执着前行在追求文学至高境界的路上，乐此不疲，无怨无悔！